La instrucción y otros cuentos

Alfaguara es un sello editorial del Grupo Santillana

www.alfaguara.com

Argentina
Av. Leandro N. Alem, 720
C 1001 AAP Buenos Aires
Tel. (54 114) 119 50 00
Fax (54 114) 912 74 40

Bolivia
Avda. Arce, 2333
La Paz
Tel. (591 2) 44 11 22
Fax (591 2) 44 22 08

Chile
Dr. Aníbal Ariztía, 1444
Providencia
Santiago de Chile
Tel. (56 2) 384 30 00
Fax (56 2) 384 30 60

Colombia
Calle 80, 10-23
Bogotá
Tel. (57 1) 635 12 00
Fax (57 1) 236 93 82

Costa Rica
La Uruca
Del Edificio de Aviación Civil 200 m al Oeste
San José de Costa Rica
Tel. (506) 220 42 42 y 220 47 70
Fax (506) 220 13 20

Ecuador
Avda. Eloy Alfaro, 33-3470 y Avda. 6 de
Diciembre
Quito
Tel. (593 2) 244 66 56 y 244 21 54
Fax (593 2) 244 87 91

El Salvador
Siemens, 51
Zona Industrial Santa Elena
Antiguo Cuscatlan - La Libertad
Tel. (503) 2 505 89 y 2 289 89 20
Fax (503) 2 278 60 66

España
Torrelaguna, 60
28043 Madrid
Tel. (34 91) 744 90 60
Fax (34 91) 744 92 24

Estados Unidos
2105 N.W. 86th Avenue
Doral, F.L. 33122
Tel. (1 305) 591 95 22 y 591 22 32
Fax (1 305) 591 91 45

Guatemala
7ª Avda. 11-11
Zona 9
Guatemala C.A.
Tel. (502) 24 29 43 00
Fax (502) 24 29 43 43

Honduras
Colonia Tepeyac Contigua a Banco Cuscatlan
Boulevard Juan Pablo, frente al Templo
Adventista 7º Día, Casa 1626
Tegucigalpa
Tel. (504) 239 98 84

México
Avda. Universidad, 767
Colonia del Valle
03100 México D.F.
Tel. (52 5) 554 20 75 30
Fax (52 5) 556 01 10 67

Panamá
Avda. Juan Pablo II, nº15. Apartado Postal
863199, zona 7. Urbanización Industrial
La Locería - Ciudad de Panamá
Tel. (507) 260 09 45

Paraguay
Avda. Venezuela, 276,
entre Mariscal López y España
Asunción
Tel./fax (595 21) 213 294 y 214 983

Perú
Avda. Primavera 2160
Surco
Lima 33
Tel. (51 1) 313 4000
Fax. (51 1) 313 4001

Puerto Rico
Avda. Roosevelt, 1506
Guaynabo 00968
Puerto Rico
Tel. (1 787) 781 98 00
Fax (1 787) 782 61 49

República Dominicana
Juan Sánchez Ramírez, 9
Gazcue
Santo Domingo R.D.
Tel. (1809) 682 13 82 y 221 08 70
Fax (1809) 689 10 22

Uruguay
Constitución, 1889
11800 Montevideo
Tel. (598 2) 402 73 42 y 402 72 71
Fax (598 2) 401 51 86

Venezuela
Avda. Rómulo Gallegos
Edificio Zulia, 1º - Sector Monte Cristo
Boleita Norte
Caracas
Tel. (58 212) 235 30 33
Fax (58 212) 239 10 51

La instrucción y otros cuentos

Ignacio Solares

ALFAGUARA

D. R. © 2007, Ignacio Solares
D. R. © De esta edición:
    Santillana Ediciones Generales, S. A. de C. V., 2007
    Av. Universidad 767, Col. del Valle
    México, 03100, D.F. Teléfono 5420 7530
    www.alfaguara.com.mx

Primera edición: septiembre de 2007

D.R. © Diseño de cubierta: Everardo Monteagudo

ISBN: 970-58-0019-7
      978-970-58-0019-1

Este libro fue escrito con el apoyo del Sistema
Nacional de Creadores de Arte del FONCA.

Índice

La luz

El peor enemigo de los fantasmas es la luz eléctrica. Quizá por eso su inventor, Thomas Alva Edison, se volvió espiritista al final de su vida. Y predijo:

—Regresaré después de muerto a mi laboratorio y seguiré trabajando en él.

El problema es que nadie lo ve porque en su laboratorio —que trabaja veinticuatro horas al día— la luz siempre está encendida.

La instrucción

Para José Emilio Pacheco

Si tenemos capitán, ¿importan las
prohibiciones?
JULIO CORTÁZAR, *Los premios*

En el puente de mando, atrás de la ventanilla
de grueso cristal violáceo, el capitán contempla
un mar repentinamente calmo, de un azul metálico que parece casi negro en los bordes de las
olas, los mástiles de vanguardia, el compacto
grupo de pasajeros en la cubierta de proa, la
curva tajante que abre las efímeras espumas.
"Mis pasajeros", piensa el capitán.

Apenas un instante antes —algo así
como en un parpadeo— dejaron atrás el puerto,
que se les perdió de vista como un lejano incen-
dio.

El barco cabecea dos o tres veces, con
suavidad.

—Yo, la verdad, capitán, cada vez que
salgo a alta mar siento la misma emoción de la
primera vez —le comenta el contramaestre, un
hombre de pequeña estatura, sonriente y de
modales resbaladizos—. ¿Cómo dice el poema
de Baudelaire? "Hombre libre, tú siempre año-
rarás el mar". Pues yo lo añoro hasta en sueños.
El puro aire salino y yodado me cambia la visión del mundo. Como si fuera una gaviota sus-
pendida en lo alto del mástil, y desde ahí mirara

el horizonte. Temo que un día esta emoción se me agote, usted me entiende. El paso del entusiasmo a la rutina es una de las mejores armas de la muerte, lo sabemos.

El capitán realiza su primer viaje en tan importante cargo, algo que esperó con ansiedad creciente desde el instante mismo en que decidió hacerse marinero.

Con actitud ceremoniosa levanta la cabeza, mete la mano al bolsillo interior del saco de hilo blanco (que apenas estrena) y toma la instrucción lacrada que, se le advirtió, sólo debería abrir ya en alta mar.

Desde hace días el corazón se le desboca con facilidad. Y hoy por fin llega al momento que, supone, pondrá fin a su incertidumbre sobre el rumbo a seguir, la clase de travesía que deberá realizar, cómo y con qué medios resolverá los problemas que enfrente.

Rompe los sellos como si rasgara su propia piel, abre el sobre y, para su sorpresa y desconsuelo, se encuentra con un texto fragmentado y casi invisible.

—¡Otra vez esta maldita broma! —dice el contramaestre chasqueando la lengua al descubrir el instructivo por encima del hombro del capitán—. Siempre la hacen a quienes ocupan el cargo de capitán por primera vez. Dizque para probar sus habilidades y capacidad de improvisación.

—Pues me parece una broma de lo más pesada. Y absurda, porque ahora no sabremos a dónde dirigirnos.

—De eso se trata, he oído decir que dicen. Precisamente, que en éste su primer viaje como capitán usted mismo decida a dónde ir, qué escalas hacer, cómo enfrentar los problemas que se le presenten. Incluso, cómo explicar y convencer a los pasajeros de la ruta que decida seguir y el porqué.

—Algunas palabras se leen aquí con cierta claridad —dice el capitán entrecerrando los ojos para afocar el amarillento trozo de papel.

—Y si le ponemos un poco de agua quizá puedan leerse algunas más.

Con la punta del índice, como con un suave pincel, el contramaestre le pasa un poco de agua al papel.

—¡Mire, se han aclarado otras palabras!

—No demasiadas.

—Quizá sean suficientes. Por lo pronto, nos aclaran el Sur en vez del Norte y, lo más importante, que el nuestro no debe ser un viaje de recreo sino más bien formal y ceremonioso. Mire, aquí se lee muy clara la palabra "ceremonioso" y creo que la siguiente palabra es "ritual".

—Ya me imagino explicándoles yo a los pasajeros que éste será un viaje "ritual".

—Pues por lo menos tiene usted una pista de lo que debe decirles. He visto instructivos en que la única palabra que aparece es "convencerlos", pero no se sabe de qué ni por qué. Además, usted por lo menos tiene muy clara la palabra "Sur". Es mucho peor cuando le aparece "rumbo desconocido", porque entonces toda la responsabilidad recaería sobre usted. Supe de un capitán que mal interpretó las instrucciones que se le daban... —y una chispita de ironía brilla en los ojos del contramaestre—. Bueno, no exactamente que se le dieran las instrucciones, sino que él debía adivinarlas en un papel como éste. Las malinterpretó y zozobró a los pocos días de haber zarpado. Otro más se desesperó tanto ante la confusión de las instrucciones que lanzó el trozo de papel por la borda. Lo único que consiguió fue que pocas horas después se pararan las máquinas del barco y no pudiéramos volverlas a echar a andar por más intentos que hicimos —las aletas de la nariz se le dilatan y respira profundamente—. O, en fin, me contaron de un caso aún más grave, porque la irresponsable y manifiesta desesperación del capitán provocó enseguida que una enfermedad infecciosa de lo más rara se declarara a bordo.

—Pero, ¿quién puede asumir unas instrucciones que no se le dan con suficiente claridad? —pregunta el capitán al tiempo que se le marcan las comisuras de los labios, en un gesto casi de asco.

—Creo que éste es el punto más delicado que enfrentará usted, por lo que me ha tocado ver. Hay capitanes que con muchas menos palabras en su instructivo toman una actitud tan decidida que así se lo hacen sentir a la tripulación y a los pasajeros. La respuesta por lo general es de lo más positiva. En cambio he visto a otros que al titubear provocan un verdadero motín a bordo y no ha faltado la tripulación que se subleva y toma el mando de una manera violenta, con todas las implicaciones que ello significa para el resto del viaje.

—¿Y los pasajeros?

—Con los pasajeros más le vale tener un cuidado supremo. Porque si no están de acuerdo con sus decisiones, una queja por escrito a nuestras altas autoridades puede costarle a usted el puesto, lo cual significaría que éste fue su debut y despedida como capitán de un barco. Pueden hasta fincarle responsabilidades y demandarlo. Supe de un capitán que tardó años en pagar la demanda que le pusieron los pasajeros por daños y perjuicios.

—Dios Santo.

—Empezarán por cuestionarle el rumbo que tome. Si va usted al Sur, le dirán que ellos pagaron su boleto por ir al Norte. Le van a blandir frente a la cara sus boletos, prepárese. Pero si decide cambiar de rumbo e ir al Norte, será peor porque no faltarán los que, en efecto, prefieran ir al Sur, y lo mismo, van a amenazarlo con quién sabe cuántas demandas. Otro tanto le sucederá con las escalas que realice. Nunca conseguirá dejarlos satisfechos a todos, y más le vale tomar sus decisiones sin consultarlos demasiado. Simplemente anúncielas como un hecho dado, y punto. O sea, partir de que los pasajeros nunca saben lo que en realidad quieren y tomar las decisiones por encima de ellos, por decirlo así.

—¿Y si definitivamente no están de acuerdo con esas decisiones?

—Rece usted porque no le suceda algo así. Estuve en un barco en el que los pasajeros se negaron a aceptar el rumbo que decidió tomar el capitán y exigieron que les bajaran las lanchas salvavidas para regresar al puerto del que acababan de zarpar.

El capitán sostuvo el trozo de papel con dos dedos como pinzas y lo volvió para uno y otro lado. Suspiró.

—Si por lo menos lograra poner en orden las palabras que aquí aparecen. Pero son demasiados los espacios en blanco entre ellas.

—Consuélese. Recuerdo que un capitán cayó de rodillas apenas abrió el sobre sellado y se puso a orar por, según él, la gracia concedida de contar con unas cuantas palabras para guiarse en su viaje. Luego me decía: "Me complace pensar que los fundadores de religiones, los profetas, los santos o los videntes, han sido capaces de leer muchas más palabras que nosotros en estos textos casi invisibles, tras de lo cual seguramente los han exagerado, adornado o dramatizado, pero la verdad es que nos dejaron un testimonio invaluable para cada uno de nuestros viajes".

—Prefiero atenerme a mis limitadas capacidades. ¿Y si le ponemos un poco más de agua?

—Inténtelo. Aunque si lo moja demasiado corre el riesgo de borrar alguna palabra. Lo mismo con la saliva, he comprobado que puede dar pésimos resultados. Quizá sea preferible conformarse con lo que tiene a la mano y no ambicionar más. Concéntrese en algunas de las palabras que se le dieron, léalas una y otra vez, búsqueles su sentido más profundo. Ahí tiene una, por ejemplo, que si la sabe apreciar, debería estremecerlo hasta la médula.

—¿Cuál?

—"Constelación". ¿Le parece poco? Nomás calcule todas las implicaciones que puede encontrarle. Experiméntelo esta misma noche. ¿O no ha percibido usted el acorde, el ritmo que une a las estrellas de una constelación? ¿O tampoco ha notado que las estrellas sueltas, las pobres que no alcanzan a integrarse en una constelación, parecen insignificantes al lado de esa escritura indescifrable?

—¡No me hable más de escritura indescifrable, por favor! —dijo el capitán con un gesto de dolor.

El contramaestre no pareció escucharlo y miró fijamente hacia el cielo azul, como si sus palabras vehementes consiguieran ya empezar a oscurecerlo.

—El hombre debe de haber sentido desde el principio de la historia que cada constelación era como un clan, una sociedad, una raza. Algunas noches yo he vivido la guerra de las estrellas, su juego insoportable de tensiones, y si quiere un buen consejo espérese a la noche para contemplar el cielo antes de tomar cualquier decisión.

El barco tiembla, crece en velas y gavias, en aparejos desusados, como si un viento contrario lo arrastrara por un instante a un rumbo imprevisto.

Aquella noche, en efecto, el capitán ni siquiera intenta dormir (quizá tampoco lo intente las siguientes noches) y furtivamente sale de su camarote a pasear por la cubierta de proa. El cielo incandescente, el aire húmedo en la cara, lo exaltan y le atemperan la angustia que lo invade. El espectáculo sube bruscamente de color, empieza a quemarle los párpados. Los astros giran levemente.

"Ahí tiene una palabra que si supiera leerla lo estremecería hasta la médula", recuerda que le dijo el contramaestre.

Contempla el trazo lechoso de la Vía Láctea cortado por oscuras grietas, el suave tejido de araña de la nebulosa de Orión, el brillo límpido de Venus, el resplandor contrastante de las estrellas azules y de las estrellas rojas. ¿Quién advierte la muerte de una estrella cuando todas ellas viven quemándose a cada instante? La luz que vemos es quizá tan sólo el espectro de un astro que murió hace millones de años, y sólo existe porque la contemplan nuestros pobres ojos. ¿Existe sólo por eso? ¿Existe sólo *para* eso?

El palo mayor del barco deja de acariciar a Perseo, oscila hacia Andrómeda, la pincha y la hostiga hasta alejarla.

El capitán quiere establecer y ahincar un contacto con su nave y para eso ha esperado el sueño que iguala a sus tripulantes, se ha impuesto la vigilia celosa que ha de comunicarlo con la sustancia fluida de la noche. ¿Será posible tomar hoy mismo una decisión?

Recuerda algunas de las otras palabras sueltas del instructivo, algún sustantivo redondo y pesado. Baja la cabeza y reconoce su incapacidad para descifrar el jeroglífico. Ya casi no entiende que no ha entendido nada. Siente que la fatalidad trepa como una mancha por las solapas de su saco nuevo. ¿Renunciar de una buena vez, aceptar que le finquen responsabilidades, pagar las demandas de los pasajeros? ¿O seguir, resistir un poco más, trepar los primeros escalones de la escalera de la iniciación?

Visiones culposas de barcos fantasmas, sin timonel, cruzan ante sus ojos.

Pero le basta levantar la cabeza y mirar los racimos resplandecientes en el cielo para que regrese el fervor. Entorna los labios y osa pronunciar otra palabra del instructivo, luego otra y otra más, sosteniéndolas con un aliento que le revienta los pulmones. ¿Qué otra cosa somos sino verbo encarnado?, piensa. De tanta fragmentaria proeza sobreviven fulgores instantáneos. La fragorosa batalla del *sí* y del *no* parece amainar, escampa el griterío que le punza en las sienes. Sus dedos se hunden en el hierro de la borda.

Se vuelve y mira hacia el puente de mando. El arco del radar gira perezoso. El capitán tiembla y se estremece cuando una silueta se recorta, inmóvil, de pie, contra el cristal violáceo. "Soy yo mismo", supone. "Tenemos capitán". Y es como si en su sangre helada se coagulara la intuición de una ruta futura, por más que se trate de una ruta inexorable.

Rostros familiares

Our business is to wake up.
ARTHUR CONAN DOYLE

Empezó con una punzada en el pecho. Luego sólo recuerdo la voz sincopada de mi mujer, el llanto de los niños, la llegada del médico. La luz de la lamparita de buró tembleQueaba sobre los rostros, nimbándolos de irrealidad. Atrás del grupo descubrí a mi tío Antonio, un tío muy querido al que hacía años no veía. Se acercó y me puso una mano suave en la frente.

—Tranquilo. Ya va a pasar —me dijo.

Entonces recordé su situación.

—Pero tío —le dije—, tú estás muerto.

—Sí —me respondió—. Y tú también.

El Mal

Subimos al camión en Insurgentes y Coahuila,
cuando iba casi vacío, aunque con una sensible
tendencia a detenerse en todas las esquinas y
hasta entre dos de ellas. Ocupamos uno de los
asientos de en medio, muy relajados hasta ese
momento, mirando por la ventanilla el amarillento sol de la tarde, que fabricaba toda clase
de espectáculos cinéticos en los cristales de los
edificios y de los autos con los que nos cruzá-
bamos, y ya con la música que escucharíamos
en Bellas Artes rondándome la cabeza. "Pa-pa-
pa-ge-no, Pa-pa-pa-ge-no". Mozart es mi com-
positor predilecto. El juicio de un aficionado a
la música como yo resulta curiosamente tauto-
lógico. Creo que, en lo fundamental, se basa en
un criterio existencial (como bien explica Cortázar en su relación con el jazz). Una obra me
gusta porque me transmite algo de un ser humano *en particular* que me gusta. Ahora bien,
¿cómo sé yo que ese ser humano me interesa,
me atrae o me seduce? Y aquí viene la tautolo-
gía: lo sé precisamente porque su obra lo con-
sigue.

Pocas, muy pocas cosas en este mundo
podrían impedir que yo viera, en Bellas Artes,
una puesta en escena de *La flauta mágica*, diri-
gida por Sergio Vela y con Gandula Janowitz en

el papel de Pamina. Que el Mal se instalara en el camión en el que íbamos podía ser, por desgracia, una de ellas.

De pronto, a la altura de Álvaro Obregón, el camión se llenó (las olas de empleados terminaban de romper en los umbrales de las oficinas). Le cedimos nuestros asientos a una mujer que llevaba un niño de brazos y otro, de un par de años, al que controlaba dificultosamente con la mano libre.

Empezó el apretujadero y no faltaron los que subían por la puerta trasera, y que desde ahí intentaban pagar su boleto. Había como un tráfico de monedas y boletos que iban y volvían por las mismas manos o por otras manos, hasta ser atrapados por algún pasajero junto con el dinero del cambio, sin que nadie protestara y ni siquiera contara las monedas. O sea, un orden humano establecido, y preestablecido —por más que caótico—, de lo más normal.

Entonces lo vi subir a él —con su *presencia abominable*— por la puerta del frente.

De mediana estatura, pálido, con un traje gris desaliñado y unos guantes negros. Una ligera barba le ensombrecía las mejillas. Pero lo en verdad insoportable eran sus ojos, la expresión de sus ojos encendidos, por más que yo los viera desde lejos. Supe enseguida que ese tipo era capaz *de cualquier cosa*. El niño al que le había cedido mi asiento también lo vio y se soltó llorando. Su madre le preguntó: "¿Qué te pasa? ¿Qué te pasa?", y el niño se limitaba a señalar al hombre. "¿Cuál?", insistía la madre. Y el niño lo volvía a señalar.

Respiré con dificultad —y respirar con dificultad era la precisa admisión de que todo eso venía de *otro* lado, se ejercía en el diafragma, en los pulmones que necesitaban espirar largamente el aire que recibían—; situación complicada aún más por la falta de oxígeno y el amontonamiento de gente sudorosa dentro del camión.

Mi primer impulso fue rescatar a los niños de los brazos de su madre, pero mi propia mujer me lo hubiera impedido, y seguro provocaría yo un cataclismo dentro del camión, del que no habría manera de escapar (con todas las consecuencias previsibles: "¡se están robando a mis hijos!"), por lo cual me limité a llevar a la fuerza a mi esposa hacia la puerta trasera ("¡no lo veas, no lo veas, hay que alejarnos de él como de un grave contagio!", le dije, y ella respondió: "sólo porque trae guantes negros, no exageres").

Y quizá lo habría conseguido fácilmente si en ese momento una mujer gorda no reclama el cambio del dinero que había pagado por su boleto, obligando a los pasajeros que tenía junto a cerrarnos el paso, a ayudarse mutuamente para, de nuevo, pasar las monedas de una mano a la otra. Tuve que actuar con cierta brusquedad, es cierto, lo confieso, mientras nos magullábamos con codos y bolsas y portafolios. Fue entonces cuando mi esposa abrió enormes sus bellos ojos jaspeados en verde y amarillo

—lo primero que amé en ella— y empezó a enfurecer.

Cuando al fin logramos bajar, y la puerta bufó a nuestras espaldas, me sentí ridículo, qué remedio. Porque en *el fondo* sabía, como tantas otras veces, ante una situación parecida —y en especial en relación con el Mal, como cuando padecí un par de ataques de *delirium tremens*—, que estaba lejos de atrapar de veras el *signo oscuro de la cosa misma*. Pero de lo que no tenía duda es del desasosiego *físico* que me dejaba; el instantáneo relámpago de lo *otro;* orden inextricable que me arrasaba, me arrancaba de mí mismo y de todo control posible de mis emociones.

—¿No viste cómo empezó a llorar el niño que teníamos junto apenas vio al tipo ése? ¿Percibiste su aura? Los niños son hipersensibles a las manifestaciones del Mal —dije, buscando alguna justificación mientras caminábamos por Avenida Juárez, con el sol agónico roto por las islas de sombra que tiraban a nuestro paso los árboles de la Alameda.

—Me tienes harta con tus manías, con tus obsesiones, con tu supuesta capacidad para ver más de lo que vemos los seres normales. ¿Qué te crees?

Y así continuó, con frases confusas que un llanto pueril y ahogado —a últimas fechas llora con cualquier pretexto— reducía a puros gemidos.

Luego, con el duro gesto de secarse las lágrimas con un pañuelo, como si se arrancara

una máscara, volvió a los argumentos de siempre:

—Desde que dejaste de beber estás peor,
cada vez peor. Necesitas ver a un médico.

—Los médicos no entienden nada de
esto. Me basta con mis reuniones en Alcohóli-
cos Anónimos.

—Pues ve más seguido. Tienes como un
mes que no te paras por ahí, ya me lo dijeron.

—Primero necesito conseguir trabajo.
Sabes que mientras no consiga trabajo, mi vida
no puede normalizarse.

Ya en nuestros asientos de segundo piso
—llegamos justo a tiempo a Bellas Artes—, gracias a la música angelical de Mozart (¿dónde leí
que su *Réquiem* salvó a un alcohólico de re-
caer?), mi mujer se relajó y en el intermedio,
mientras tomábamos un vaso de agua mineral
en el *foyer*, me dio un beso de lo más tierno:
"Estás zafado, si no te conoceré, Dios santo,
pero me provocas tanta pena que no puedo evitar sufrir contigo" y, de nuevo, sus bellos ojos
se le nublaron.

A mí también, todo esto me da pena por
ella, ¿pero cómo evitarlo? Sobre todo después
de padecer el "calvario", como ella lo llama, de
mi alcoholismo. Qué difícil ha sido salir de él.
Y también, porque aquella noche apenas pude
dormir y la desperté una y otra vez —hasta me
preparó una leche caliente— para comentarle,
en fin, que no dejaba de soñar con aquella abominable presencia: sus ojos, sus ojos los tenía
dentro de mí, y me sentía de lo más culpable

por los niños, carajo, que había yo dejado aban-
donados, con el Mal y todas sus consecuencias
extendiéndose cada vez más en el interior del
camión.

El fondo del reloj

Por dejar jugar a los niños con los relojes: le dio tantas vueltas a las manecillas, que en la última, ya con un dedo artrítico y apergaminado, se fue de espaldas y murió de un síncope.

El desempleado
(Nueva instrucción para tener miedo)

Después de semanas y semanas de tocar puertas, de ahorrar hasta en autobuses y cigarrillos, de buscar todas las mañanas en el Aviso Oportuno de *El Universal,* por fin me encuentro ante un gran escritorio de cubierta volada, con la cara amable y sonriente del que, parece, será mi jefe en una compañía de productos para hospital. Se trata de un hombre grueso, de unos sesenta años, barba rala y una nariz curva, triunfante de la decrepitud y la grasa de las mejillas.

—Bienvenido —dice extendiéndome una mano. El plumerito de pelos grises de su mentón tiembla suavemente al sonreír.

Me arrellano en la silla, feliz, y miro distraídamente en torno. El librero con diccionarios y libros empastados, los diplomas, la reproducción de un cuadro de Kandinsky. De pronto, en la penumbra debajo del escritorio, descubro las piernas del hombre que tengo enfrente. Se ha subido los pantalones hasta los muslos y tiene medias de mujer.

Los miedos

Era cierto: le tenía terror a los temblores. Desde
niño cuando, durante unas vacaciones, le tocó
uno en casa de unos parientes, sin sus padres al
lado. Aquella tía abrazándolos a él y a su primo
bajo el marco de la puerta, mientras suplicaba al
Señor que calmara su ira, cómo olvidarla, cómo.
Pero a Rubén le encantaba la atmósfera del hotel
Edén, en pleno centro, a unas cuantas cuadras
del Zócalo, además de lo accesible del precio.
Sólo el terremoto del ochenta y cinco pudo ale-
jarlo un tiempo de él (leyó cada cosa): en los siguientes viajes a la capital eligió hoteles sencillos
por otros rumbos, de preferencia con dos pisos a
lo sumo, dormía mejor. Hasta que una tarde se
dijo soy un cobarde miserable —mira que renunciar a un gusto así por un simple temblor de tierra, que además sucedió hace cuánto— y le pidió
al chofer del taxi que lo llevara al hotel Edén, sí,
ése, allá mero. Recargó la nuca en el borde del
asiento y encendió un cigarrillo: nada como regresar a un viejo amor, mientras más peligroso
más pleno. Debió pensar en voz alta porque descubrió al chofer mirándolo por el retrovisor con
una interrogación en los ojos, quién adivina los
miedos que vencemos a diario.
    Llegó con la noche encima y ya en la re-
cepción preguntó al encargado de siempre —un

viejo gordo y calvo, con el labio inferior estremecido por la dificultosa respiración— cómo les había ido de temblor en el ochenta y cinco, nomás por preguntar:

—No se cayó ni una lámpara, señor, a Dios gracias. Vea usted mismo, señor, el hotel está intacto —estremeciendo aún más el labio en lo que quiso ser una sonrisa final.

El mismo Rubén abrió la puerta del cuarto (sólo llevaba una pequeña maleta y el portafolios). Lentamente, los muebles fueron saliendo de la sombra: maderas opacas, una cretona tenebrosa, el armario con la gran luna, todo antiguo, triste, tal como lo anhelaba el recuerdo. Encendió la lámpara con flecos de la mesita de noche, que difundió una luz como una pura mancha amarilla dentro de la sombra.

Salió al pequeño balcón y respiró profundamente el aire denso de la calle, con un tránsito congestionado.

—Me siento en el mero mero fondo de la ciudad —le dijo en una ocasión a su mujer, quien al conocer el hotel en donde se hospedaba él al viajar a la capital frunció la nariz como si percibiera un mal olor—. Es como transportarse a otro tiempo. Mejor dicho, a otros tiempos, porque no es uno sino varios. Ahí, desde el balcón de mi hotelito sórdido, como tú lo llamas, veo transcurrir ante mí el México de los cuarenta, de los veinte y hasta de principios de siglo.

—Lo que vas a lograr es que te asalten una noche.

    ¿Y si ése fuera el precio? Quizá, total, quién podía saberlo, tenía más sentido morir ahí en un terremoto o en un asalto nocturno que en su cama, rodeado de sus hijos y con las manos de su mujer entre las suyas. Quién podía saber la muerte que más le convenía. Como a esas enfermedades que tememos tanto —me va a matar, te juro que me va a matar— y no hacen sino acompañarnos siempre y morirse con nosotros, solidarias. También su mujer le dijo que, le parecía, en fin, le daba la impresión de que ése era un hotel para llevar putas. Rubén se ofendió, quién pensaba en una puta si hablaba de una experiencia casi mística, adentrarse al mero mero fondo de la ciudad, percibir el transcurrir del tiempo, salir de sí mismo.

    —Yo nomás decía —dijo ella, que prefería no discutir cuando Rubén hablaba de experiencias místicas—, no que tú te fueras a meter con una puta, sino que vi entrar a una mujer que me pareció puta, acompañada además de un tipo que la trataba como puta.

    —No me importa quién entra ahí, sino por qué entro yo. Por las putas no siento sino pena.

    Y no volvió a llevar a su esposa al hotel Edén. Así era mejor, porque la experiencia era más suya. Casi un secreto. Le encantaba, por ejemplo, ver a esa hora de la noche recién arribada cómo empezaban a encenderse las luces del herrumbroso edificio de departamentos que tenía enfrente, las siluetas que se dibujaban en las ventanas, la representación que se iniciaba, que él imaginaba. Por momentos, le parecía que algunos rostros que cruzaban abajo de él no correspondían a esta época, no tenían cara de pertenecer a esta época, eran rostros de antes. ¿Estaré de veras asomándome a otro tiempo?, se preguntaba, un poco mareado. Pero el hechizo desaparecía si analizaba demasiado la experiencia.

Bajó a cenar cualquier cosa al café de la esquina y ya en la cama revisó unos papeles que debía entregar al día siguiente en una oficina de gobierno. Apagó la luz a las once y cuarto y a las doce y media volvió a encenderla con la desubicación que dejan las pesadillas. Se sentó en la cama y bebió un poco de agua. Quizás era inevitable soñar que llegaba al hotel (él mismo abría la puerta), salía al balcón a fumar y luego, apenas se acostaba, empezaba el terremoto. Le afectó sobre todo recordar que se decía: esto no es un sueño, está temblando de veras, y oía clarito el crujido de las paredes. Por suerte sí era un sueño, qué duda había, y bien ganado se lo tenía por sus miserables miedos. Atraemos lo que más tememos y su sueño era la prueba, desahogo de impulsos inconscientes, catarsis onírica que ahora le permitiría dormir tranquilo unas horas, necesitaba lucidez al día siguiente.

Pero la catarsis no se había realizado del todo, qué va, y volvió a temblar dentro del sueño (y fuerte, cada vez más fuerte), con un elemento adicional que en lugar de aminorar la angustia la acrecentaba: en su cama, ahí, a su lado, estaba una insólita mujer desnuda (desnuda y horri-

ble) que insistía en hacer el amor (y él recordaba
hacía una horas la discusión con su mujer sobre
las putas, lo que son los sueños). Terminaba por
montarlo, galopaba sobre él, se le echaba encima, se le metía en el pecho, le mordía suavemente una oreja, le besaba el cuello y la boca,
le decía: ven, ven, ven. Él se sentía como crucificado (en realidad tenía los brazos abiertos) y
apenas podía moverse por el miedo y el mareo
(todo se movía abajo y encima de él, la mujer y
la tierra), el crujir de las paredes era más bien el
rechinido de sus dientes.

Despertó sobresaltado y tuvo que comprobar que, por el contrario, todo a su alrededor estaba quieto para tranquilizarse. Encendió
la luz de la lamparita de flecos y vio la hora:
poco más de la una. Bebió más agua y fumó
medio cigarrillo.

Estaba realmente cansado y de nuevo se
durmió enseguida. Apenas cerró los ojos, y en el
siguiente sueño la mujer ya no galopaba sobre
él sino que estaba a su lado, llorando. Había dejado de temblar y él podía observarla con cierto
detenimiento: gorda, con grandes senos y un
pelo oscuro y brillante que se le enredaba en el
rostro al llorar y al tratar de apartarlo, como si
apartara las telarañas de algún mal sueño que
también la aquejaba a ella. Con movimientos
como abajo del agua (era la sensación de impo-
tencia con que él sentía moverse) le extendía una
mano y le acariciaba una mejilla.

—¿Por qué?

—Me voy a morir —decía ella.

Entonces, sin una gota de deseo, él la besaba en los labios carnosos y entreabiertos, deteniéndole un sollozo, haciéndolo suyo. ¿Por qué? Y también bajó una mano por la curva de la cintura y la detuvo, yerta, en el avance de la pierna. Ella no se movía, pero había dejado de llorar. Entonces él volvió a besarla y a agitarse y entre un envión de los riñones y un beso que se prolongó con una larga baba hasta el lamento mutuo, ella volvió a ser la de antes (la del sueño anterior) y le echó las manos encima como tenazas. Él no quería hacerle el amor, realmente no quería (si por lo menos fuera delgada), pero tampoco podía evitarlo, el deseo de ella (¿o fue el llanto?) lo arrastraba, lo llevaba más allá de sí mismo, porque además empezó a temblar de nuevo y ella decía entre jadeos y sollozos intermitentes:

—Ven, muérete conmigo aquí, ven.

Quién podía imaginar la excitación en esas condiciones (aun dentro de un sueño, en los que uno siempre se excita más fácilmente que en la realidad, aunque hay de sueños a sueños). Y sin embargo él bajaba una mano como independiente de él hasta el vientre de ella y le provocaba un jadeo que parecía ahogarla (cualquier cosa era preferible a su llanto) y unos ojos de sorpresa (¿de veras sería una puta?), con el asombro del animal que recién despierta y comienza a reconocer el terreno que pisa: tú, tú, tú, le decía a él, y lo besaba en los labios, lastimándolo. Y a pesar del dolor, la penetró y logró cierto acoplamiento (quién iba a creerlo al despertar), mientras el crujir de las paredes aumentaba y hasta un pedazo de yeso cayó sobre la cama, a un lado de ellos.

—Ven, muérete conmigo, aquí. Ven, ven, ven.

Al despertar se quedó quieto unos minutos, con los ojos fijos en el tablero de ajedrez que dibujaba la luz de la calle en el techo. Escuchó el silencio (no, no crujía ninguna pared), con el ladrido lejano de un perro dentro del silencio. Luego, lentamente (como aún dentro del sueño), levantó el auricular del teléfono, marcó el número de la recepción, y esperó a que el viejo gordo contestara:

—¿Sí?

—¿Ha temblado? Dígame la verdad, ¿ha temblado?

El viejo tardó una eternidad en contestar:

—No, señor. No ha temblado para nada.

—Dígame la verdad.

—Señor.

—¿Quién ocupó este cuarto antes de que lo ocupara yo?

—Señor, no lo recuerdo exactamente.

—Durante el terremoto del ochenta y cinco, ¿quién lo ocupó durante el terremoto del ochenta y cinco?

—Señor, no lo recuerdo.

—Trate de recordar.

Otra pausa.

—Ya que lo menciona, bueno, lo ocupó una mujer. Había llegado con alguien, con un hombre joven, que luego se fue y la dejó sola...

—¿Y ella murió durante el terremoto?

—Pues, sí, creo que sí, señor.

Rubén sintió que el coraje le subía a la boca como una ola amarga.

—¿Por qué me mintió? Dijo que no le había sucedido nada al hotel.

Rubén casi podía ver el labio inferior del viejo estremeciéndose al máximo por la indignación.

—Perdóneme, señor, pero usted no tiene derecho a gritarme y a acusarme así. No le mentí, yo no le miento a nadie. No tengo necesidad. Soy un hombre pobre, pero honrado y decente. Al hotel no le sucedió nada. La mujer murió de miedo por el terremoto. Eso dijo el doctor: que murió de miedo.

La despedida milagrosa

Fue como una aparición en el halo neblinoso de la puerta encortinada. De pronto llegó y dijo:

—Tenía que venir.

Una sombra de barba retinta le enflaquecía aún más la cara y el saco de anchas solapas flotaba sobre el cuerpo consumido.

Ella lo recibió parpadeante. En su boca asomaban dos dientes muy blancos que sujetaban el labio inferior.

—Cómo es posible —dijo.

Antes de sentarse —ella siempre estuvo segura de que fue antes de sentarse— él agregó:

—Ya ves, el amor hace milagros.

Ella recordaba muy bien la frase porque, además, en ese momento descubrió una voz que no era la de él. Sin dulzura. No tanto por la ronquera como por la falta de dulzura. Una voz seca, que surgía de quién sabe dónde.

Entonces, él se sentó en la silla de junto a la columna y la luz temblorosa de la vela subió a iluminarle unos ojos que tampoco eran los suyos. ¿Por qué? Unos ojos vacíos, que no estaban ahí, tan lejanos que al mirarlos ella no sentía mirarlos.

—¿Qué sucede? Deja de morderte el labio —le pidió y ella obedeció enseguida. No le gustaba que se mordiera el labio porque, decía, era una forma de cuestionarlo, de estarle preguntando lo que no se atrevía a preguntarle.

—Perdóname, se me olvida. No tienes que pedirlo así.

—¿Así?

—Así como lo pediste. Estás raro.

—¿Yo raro? —y produjo un chasquido que se entreveró con una especie de gemido surgido de lo más hondo del pecho—. Hace un mes que no me levantaba de la cama.

—Será por eso.

—Por eso y por todo. Hago un esfuerzo sobrehumano por venir a verte y me sientes raro.

Ella simuló una sonrisa y tomó la mano de él, muy pálida, con la piel estirada sobre los huesos. Se sentía turbada y, ¿por qué?, no se atrevió a besar esa mano que antes siempre besaba al encontrarla. Sólo la acarició, recorriéndole las venas sinuosas, erizándole el vello fino.

—Es un milagro que estés aquí.

—Te digo.

—No debiste venir.

—Tenía que venir.

—Nos hubiéramos visto en tu departamento.

—Odio mi departamento. Llevo no sé cuánto ahí encerrado.

—Un mes.

—¿Un mes?

—Tú dijiste que un mes y creo que sí: un mes, un poco más un poco menos.

—Qué pesadilla.

—¿Qué te ha dicho el doctor?

—No le he hablado. Ni voy a hablarle. Simple y sencillamente no voy a hablarle. ¿Para qué? Ya no hay remedio. Entonces, ¿para qué? No más doctores. No más sanatorios. No más enfermeras. No más medicinas. Nada. Me voy a quedar quieto, yo solo, sin molestar a nadie. Pero antes tenía que venir a despedirme de ti.

Ella volvió a morderse el labio, pero se arrepintió al instante e intentó disimularlo con una sonrisa, estirando los labios.

—Así tenía que ser, ¿no? —agregó él, la resignación rescatando algo de su antigua dulzura.

—Así lo has querido tú. Podrías intentar con otro médico...

—¡Ni un médico más, por favor!

Separó su mano de las de ella con un movimiento casi brusco y buscó los cigarrillos en el bolsillo interior del saco. Encendió uno y soltó una gran bocanada de humo que se ensanchó en lo alto y formó despaciosamente algo como el follaje de un pequeño árbol. El silencio les traía los ruidos de la calle, irreales. El Apolo era un cafecito caliginoso en la calle de López, que a él le gustaba porque lo hacía sentir en otra ciudad: sus vidrios empañados de grasa volvían neblinosa la calle, transitada por fantasmas.

—Tenía que venir a despedirme de ti. A decirte que..., en fin yo no sé decir esas cosas. ¿Entiendes el problema de que yo no sepa decir esas cosas?

—¿Cuáles?

—Ésas. Entiendes a cuáles me refiero.

Hizo una pausa. Dio otra larga chupada al cigarrillo y continuó:

—Qué tontería. Tanto esfuerzo para venir y ya aquí, mira, no se me dan las palabras precisas. O aunque no fueran precisas, aunque fueran confusas pero que te hicieran sentir, que te transmitieran por qué vine. Con eso.

—Ya —dijo ella, apretando aún más los labios para atrapar ahí las ganas de llorar.

—No me mires así porque menos te puedo decir nada.

—¿Cómo?

—Tú sabes cómo.

—Yo sé, yo sé, yo sé.

Ahora a ella sí le salió la sonrisa y hasta entreabrió los labios. Subió una mano tímida para tocarse durante un instante los dientes con las uñas, haciéndolas repiquetear con un débil sonido metálico, recordándose que no debía morderse el labio inferior, no debía.

—Son tus ojos. Están muy raros —dijo ella.

—¿Mis ojos? ¿Crees? ¿Te acuerdas? Los ojos tienen un secreto, un secreto aunque casi nunca es el que tratamos de esconder, ¿eh? Ya me entiendes: hoy tengo que tener estos ojos, qué remedio.

—Ya sé: quién sabe cuánto tiempo sin salir de tu departamento. Lo digo por otra cosa, no sé.

—Yo también lo digo por otra cosa. No me refiero sólo al tiempo que llevo sin salir de mi departamento. Es que...

Ella pensó: si me dice es que me voy a morir, voy a llorar desconsolada pero sentiré un infinito coraje contra él, para qué viene a recordármelo, a restregármelo en la cara como la última marca que quisiera dejarme, así, con esa voz y desde donde está, ¿para qué? Pero él sólo se balanceó en la silla, con las mejillas que se le adelgazaban más al entrar y salir de su cara la luz de la vela. Ella continuó mirándolo, expectante, entre los restos de las palabras.

—En fin —dijo él, protegiéndose dentro de una nube de humo—. Lo que quería decirte es que por la soledad en que he vivido tanto tiempo, en la que he vivido tan tercamente a últimas fechas, entiendo quizás esa otra... realidad, aun más cierta que nuestra realidad real, por llamarla así. ¿Te sueno pretencioso?

Hubo otra pausa, ligeramente más prolongada. La luz de la vela formaba en el pelo de ella reflejos minerales. Él tosió y puso tres dedos sobre la boca para desviar la tos. Dejó el cigarrillo un instante en el cenicero con una mano temblorosa que parecía moverse independiente de él.

—Sé que esto —con un índice sobre el pecho—, todo esto no tiene ninguna importancia. Mejor dicho sí la tiene, y mucha, pero la tiene aún más lo que deseamos.

—¿Lo que deseamos?

—Eso. Eso es algo que no te imaginas en un hombre que, como yo, está en la otra orilla.

¿Cómo va aquello de que lo que deseamos de veras nos será concedido? Es algo terrible, pero también milagroso. Es algo milagroso.

Aplastó el cigarrillo con una violencia innecesaria en el cenicero y luego estuvo mirándose la mano abierta sobre la mesa, con unos ojos en que se acentuaba el asombro.

—Vamos a caminar un poco, ¿sí? Aquí me estoy ahogando.

—Ni siquiera hemos pedido nada.

—Mejor. No traigo dinero.

Fueron a la Alameda, casi sin hablar y entre el gentío, tomados del brazo, él sin fuerzas, encorvado, arrastrando los pies, apoyándose en el brazo de ella como nunca antes lo había hecho. Iba feliz de sentirlo así, de sentirlo tan de ella.

—Mira qué tarde. Y contigo, aquí. ¿Qué más podría pedirle a la vida? Quizá sólo me falta decirte... que pensaré en ti hasta el último instante.

Las primeras luces de los faroles se alineaban bajo un cielo pardusco. En lo alto de los álamos los pájaros formaban ruedas de cantos y gritos, casi humanos. Ya ahí, entre los álamos, el viento descendió en suaves remolinos y por un momento le agitó el pelo a ella como lo hubiera hecho la caricia de una mano descuidada.

Fue al dirigirse a la Avenida Juárez a buscar un taxi para ella cuando sucedió. Estaban a un lado de esa escultura llamada *Malgré tout* y él algo hablaba, con más soltura y naturalidad, de cuánto la quería y cuánto le habría gustado estar más tiempo a su lado. De pronto dio dos pasos hacia atrás, tambaleándose, y fue a dar de lleno contra la escultura. Simplemente se golpeó en forma brutal contra la escultura y cayó al suelo sin meter las manos ni hacer un gesto de dolor; achicándose como si hubiera caído la pura ropa, haciéndose tan transparentes los huesos de la cara que le desfiguraron enseguida las facciones, consumiéndolas.

Ella soltó un grito y corrió a hincarse a su lado, pero no pudo con lo que veía. Y el olor, además.

Después cuando ella ya no estaba, un hombre que aseguró ser médico se metió dentro del círculo de curiosos y mientras se llevaba un pañuelo a la boca, dijo:

—Qué horror. ¿Qué hace aquí? Este hombre tiene por lo menos una semana de haber muerto.

El escritor

Alguien me mira escribir.
Simone Weil

En efecto, decidirse a ser escritor fue para Luis como casarse *in articulo mortis*, como creer en la resurrección de la carne, como suponer que nuestros actos influyen en la salvación del mundo. Y en especial —qué privilegio— hacerlo en aquella Ciudad de México de los años treinta y cuarenta, tan rica en incentivos culturales, tan habitable, tan transitable y con los intelectuales españoles recién llegados al país.

Cuando salió de la preparatoria, a mediados de los años treinta, su padre —un prestigiado industrial— le preguntó a qué iba a dedicarse.

—A las letras —contestó Luis, sin una gota de duda.

—Pues eso comerás —le dijo su padre en un tono de parecida contundencia, y enseguida le redujo la cantidad de dinero que le daba mensualmente, además de tratar de convencerlo, una y otra vez, para que estudiara "algo de provecho".

Pero Luis entró a la carrera de letras en la UNAM, con el mayor número de materias optativas en filosofía, y tomó clases con Enrique Díez-Canedo, con Joaquín Xirau, con José Gaos, con Wenceslao Roces, con Antonio

Caso... La literatura era gnosis, revelación, desdén de un mundo estrecho y pragmático.

En alguna ocasión, Luis esperó largas horas sólo para ver a León Felipe salir del restaurante *Sorrento*, o espió con una emoción desbordada las caminatas nocturnas de Luis Cernuda en la Alameda. Se imponía como disciplina aprenderse de memoria sus poemas predilectos y hasta pasajes completos de algunas novelas. Le entusiasmaba Balzac, tenía una edición de la *Comedia humana* empastada en piel, y aprendió francés para leerlo en su lengua original.

Leía y leía, casi no hacía otra cosa, preparándose para el acto que presentía como una iniciación religiosa: escribir.

Se licenció con una tesis sobre "La novela mexicana en el siglo XIX" y consiguió una plaza como profesor de tiempo completo en la misma UNAM. No necesitaba más.

Sin remedio, sus relaciones amorosas fueron efímeras, frustrantes, siempre condicionadas al tiempo y la libertad que requería para su trabajo.

Escribía de noche, con un cigarrillo y una copa de vino al lado. Sólo bebía una copa de vino al empezar a escribir, a pequeños sorbos, y nada más. Creía, como le había aconsejado un amigo, que hasta una copita de rompope afecta una buena prosa, y no quería arriesgarse. El cigarro, por el contrario, lo estimulaba sin peligro aparente (aunque murió de cáncer de pulmón a los cuarenta y ocho años) y llegó a fumarse hasta dos y tres cajetillas diarias.

Nunca logró acostumbrarse a la máquina de escribir y prefería hacerlo a mano, con una lámpara de pie atrás de él.

Apenas caía la noche, le ganaba una como cosquilla de intimidad, que él relacionaba con la inspiración. Iba a sentarse al escritorio en la silla secretarial, la mejor para evitar dolores de espalda, abría su pluma fuente y empezaba a apoyarla en la hoja en blanco, adentrándose en el misterio.

—Desciende, hazte palabra, pasa a través de mí como la luz por un vitral —se decía en voz alta.

Empujaba el cigarrillo con la lengua a un lado de la boca y contemplaba un momento la ventana, el tinte vago e inexpresivo de la noche, los hilos de escarcha que se colaban por los costados de los marcos.

De pronto, la pluma parecía deslizarse sola sobre el papel, como en la escritura automática. Advertía entonces la necesidad de dejar imbricarse las cláusulas, cabalgarse entre sí por sobre el débil puente de la coma, o de plano sin ningún signo de puntuación, directamente libres y sueltas. La sensación de éxtasis lo dejaba agotado.

Hacía pequeñas y continuas pausas para respirar profundamente, darle flexibilidad a la mano entumida, como si exprimiera limones, miraba las puntas redondas de los zapatos; su sombra, que se desdoblaba minuciosa en el piso por efecto de la intensa luz de la lámpara.

Escribió sobre todo novelas, varias novelas de gran extensión, pero sólo consiguió publicar una en la editorial Costa Amic. Las demás, lo mismo que un libro de poemas, fueron rechazados por diferentes editores.

En algún momento creyó que su gloria, lo mismo que para Stendhal, era un billete de lotería que cobraría cincuenta años después de muerto, pero no fue así. A lo más que llegó fue a que, pasado ese lapso, aún se consiguiera, en alguna librería de viejo del centro de la ciudad, un ejemplar de la única novela que publicó. Edición que, por cierto, él mismo pagó con sus ahorros.

Los ojos sin destino de un cadáver

Le decían el Buda por lo gordo, no por lo místico. Buen bebedor y muy burdelero. El chofer lo esperaba afuera por si le pasaba algo: creía que no descansaría en paz en el otro mundo si su familia se enteraba de que había muerto en un burdel. Para entenderlo bastaba conocer a su esposa: una señora también gorda, siempre vestida de negro y que respiraba un aire virtuoso.

—Por miedo a morir en un burdel, ¿podrías renunciar a las putas? —me preguntó en una ocasión, resoplando, con un ruidito pedregoso en su respiración.

—No tengo ese dilema porque no me gustan los burdeles, Buda. La verdad, su puro olor me resulta repulsivo. Pero si me gustaran tanto como a ti, correría el riesgo. Recuerda la frase de Oscar Wilde: "Quien es capaz de resistir una gran tentación no era digno de ella".

Los ojos del Buda se revolvieron en sus órbitas, como si tuvieran azogue.

Y una noche le dio un infarto masivo al miocardio en el burdel. Murió enseguida. Con la ayuda de la puta, el chofer lo vistió con corbata y todo (lo difícil que será vestir un cadáver de ese volumen). Para subirlo al auto tuvieron que ayudarlos otras dos putas y hasta la administradora del burdel. Antes de salir rumbo a Cuernavaca, el chofer me habló por teléfono con una voz sincopada.

—Acompáñeme, señor, ¿sí? Nomás del susto, yo también estoy al borde del infarto. Me da cosa irme yo solo con el cadáver hasta Cuernavaca, a estas horas. Imagínese una ponchadura de llanta, cualquier cosa. Luego, ya allá, explicarle a la familia que el infarto le dio en el camino, la mujer siempre sospechó lo de los burdeles. Usted era su mejor amigo, decía él.

Los esperé afuera de mi casa. Yo mismo tuve que poner un pretexto absurdo a mi esposa para escaparme. Casi me suelto llorando al ver al Buda en la parte trasera del auto. Con su enorme cara de piel transparente, los ojos de carbón desorbitados y fijos en un punto indefinido, la corbata chueca y la camisa mal abotonada, el enorme vientre como independiente del resto del cuerpo. Después de todo, no dejé de sentir cierta tranquilidad de que el tumulto de su pecho se hubiera aplacado.

—¿Por qué no lo sentó en la parte de adelante, con el trabajo que les habrá dado meterlo aquí? —le pregunté al chofer, sentándome yo al lado del Buda.

—¿Y llevarlo junto a mí todo el camino? Ni loco. Ya bastante hago con cumplir su última voluntad, señor. Piense que yo también tengo familia y puedo meterme en un lío —contestó el chofer, mirándome por el retrovisor.

—Lo entiendo —y de veras lo entendía.

Ya sin las luces de la ciudad y apenas entramos a la carretera, traté de acomodarlo un poco mejor. Lo senté más derecho, le arreglé la camisa y la corbata, le puse las manos sobre el vientre.

—¿No será preferible cerrarle los ojos?

—Como usted lo considere, señor, pero yo creo que la mujer va a sospechar menos si lo ve llegar infartado y con los ojos abiertos. Es mi modesta opinión.

—Puede que tenga usted razón —tuve que reconocer, conociendo a la esposa del Buda.

Elegimos la carretera vieja para no pasar las luces de la caseta de cobro. Eran cerca de las dos de la mañana y la carretera estaba casi vacía. Durante el resto del camino, casi no hablé con el chofer. Mi propio corazón se había convertido en un bombo al saberme ahí, junto al cadáver del Buda, casi abrazado a él para que no se fuera de lado. Un camión nos rebasó rugiendo y sus luces iluminaron por un momento las copas de los árboles, enmascaradas por la noche. Mil recuerdos, gratos y dolorosos, empezaron a girar en mi memoria adolorida, dando tumbos, atropellándose y combatiéndose los unos a los otros. Cuánta culpa por no haber estado más cerca del amigo, por rechazarlo en sus momentos de mayor amargura, por haberlo incitado a seguir visitando burdeles. Maldita frase la de Oscar Wilde, ¿para qué se la dije, si ni siquiera creo en ella? Y cuando mi conciencia trastabilló con una angustia insoportable, sentí que una mezcla de grito y sollozo ascendía desde mi desbocado corazón a la garganta:

—¡Perdóname, Buda!

—¿Qué dice usted, señor? —preguntó el chofer mirándome por el retrovisor.

—Nada. Vengo muy afectado y me puse a hablar solo.

—Lo entiendo, señor.

Miraba fijamente a mi amigo y descubrí cómo se le desinflaban los cachetes y se le marcaban los pómulos sobre la piel apergaminada, se le afilaban los lineamientos del rostro redondo como las aristas de un gran pedazo de roca. La piel empezaba a cobrar un opaco tono de arcilla. Un frío de tierra húmeda y un silencio de cosa mineral parecían levantarse de aquella máquina recién detenida, abandonada, inservible. Pero lo que más me impresionaba eran los ojos del Buda: ya sin destino posible, botados, reventados quizá por lo último que vieron (o entrevieron), opacándose a cada instante un poco más, como cubriéndose de moho. La boca entreabierta parecía emitir una última queja, atorada ya para siempre, tal vez alguna de las tantas quejas que fui incapaz de escucharle al final, cuando me aburría que me soltara la retahíla de su amargura.

Poco después de pasar Tres Marías nos encontramos con un auto detenido a un lado de la carretera, el hombre que nos hacía señas desesperadas con una linterna como un gran ojo amarillo.

—¡No se detenga, sígase! —le ordené al chofer, pero no pudo evitar detenerse porque el hombre se le plantó enfrente, blandiendo una mano y con la linterna dibujando arabescos en el aire de la noche.

—¿Pueden darme un poco de gasolina? —preguntó cuando el chofer bajó el vidrio de la ventanilla. En ese momento, el chorro de luz de la linterna le subía a oleadas por el rostro, infundiéndole un aspecto verdaderamente fantasmagórico.

—Discúlpenos, pero llevamos muchísima prisa... —se disculpaba el chofer cuando el hombre nos descubrió al Buda y a mí en la parte trasera del auto, e hizo una pregunta que terminó de desencajarle el rostro.

—¿Qué es *eso*? —preguntó, mirando directamente hacia el Buda, echándole la luz de la linterna.

—¿Qué?

—*Eso*.

—¿Eso? —insistió el chofer, como sin entender que se refería a su patrón.

—Es mi amigo. Viene dormido —contesté yo.

Pero seguramente algo le hizo saber que el Buda no iba dormido, lo que se dice de veras dormido. Que era otra cosa lo que le sucedía. Lo miró un segundo más, y ya no preguntó por la gasolina. Dio unos pasos hacia atrás, como a punto de tropezar, y luego salió corriendo, con el ojo luminoso de la linterna arrastrándose por la carretera. Alcancé a verlo meterse a su auto mientras nosotros nos alejábamos.

Aquel hombre de la carretera formó para mí, ya sin remedio, parte consustancial de la muerte del Buda. Todavía hoy, después de tantos años, si recuerdo la muerte de mi amigo, recuerdo al hombre de la carretera. Su sorpresa helada, sus ojos pasmados y fantasmagóricos que lo adivinaron todo. Como si sólo los dos, él y yo, hubiéramos sabido de la tristeza tan profunda que embargó al Buda durante sus últimos años de vida.

Muérete y sabrás

Quién iba a imaginarlo: en mi vida anterior también estuve casado con mi mujer actual. Lo supimos los dos, Lucía y yo, así, de golpe, como se saben las cosas importantes que uno sabe: sin necesidad de demasiadas reflexiones y por pura intuición. Además, lo supimos juntos y al mismo tiempo. Un viernes habíamos cenado en el *Café Tacuba* y al salir tuvimos una visión (entrevisión la llamamos, no queríamos sonar pretenciosos): del Zócalo vimos avanzar hacia nosotros uno de aquellos tranvías eléctricos que hubo en la Ciudad de México a principios del siglo. Chirriaba, me acuerdo muy bien que chirriaba, y sus flancos eran de un ocre desportillado; con su trole llena de chispas y un resonar intermitente de campanillas. Duró lo que un parpadeo, pero suficiente para que Lucía me tomara del brazo, temblorosa, y preguntara si había visto lo mismo que ella.

—Sí, lo vi.

(¿Y si en ese momento digo que no, Lucía, qué hubiera pasado después, dime?)

—Pero es que... —dijo—, íbamos a tomarlo juntos.

—Lo tomamos juntos.

(Por Dios, con qué seguridad le respondí.)

—¿Juntos?

—Juntos.

—¿Cuándo?

—Los dos. Tú y yo. Allá, entonces.

(¿A qué quería yo jugar? ¿Quería jugar?)

No es fácil hacerse a la idea de una vida anterior, y con la misma mujer. Yo, realmente, nunca he terminado de hacerme a la idea. Me hago preguntas absurdas: ¿Qué nos ató así, Dios mío, qué nos ató así? ¿De veras nos amamos o nos odiamos hasta la necesidad de continuar juntos? ¿Es que no quisimos o no pudimos desprendernos? Y, lo más importante, de ser cierta la entrevisión: ¿cuánto tiempo más? ¿Y si en una tercera vida sigo atado a ella, y sólo a ella? (El sentido tan terrible que adquiere hoy que en algunos de nuestros pleitos le gritara: "¡Ya no te soporto más!")

—Eres inmortal aunque no lo quieras. Muérete y sabrás que me voy contigo, que te alcanzo adondequiera que vayas, ¿me oyes? —dijo Lucía aquella noche, eufórica, metiéndoseme al pecho como nunca antes, con unas manos y una sonrisa que no volví a verle.

(¿Y si mientras hacíamos el amor te digo que era mentira, yo no vi nada, cuál tranvía, pura imaginación tuya, qué necedad y necesidad de continuar después de la muerte, y juntos además? ¿Me hubieras creído? ¿Todavía había regreso, Lucía, dime?)

Casi no hablábamos del tema, pero una noche cualquiera insistió en regresar al *Café Ta-*

cuba y al salir me abrazó y nos quedamos largamente en la esquina, dentro del frío y con los
ojos clavados por el rumbo del Zócalo.

—Tenían asientos transversales forrados
de mimbre —dijo ella sin mover casi los labios,
con los ojos desorbitados de tan fijos—. Y el con-
ductor llevaba un uniforme... a ver: de paño azul,
con botones dorados.

—Sí.

—¿Lo puedes ver tú también?

—Más o menos.

—Era tarde. Quizá cerca de la medianoche. Aunque es posible que interrumpieran el
servicio de tranvías mucho antes de la medianoche.

—Es posible.

—Iba casi vacío, ¿te acuerdas?

—Pues sí, creo que sí.

—Y como la plataforma no llevaba
puerta, se colaba el frío y yo me apretaba mucho contra ti.

—Como ahora.

—Sí, como ahora. Con un abrigo gris
que me habías regalado en nuestro aniversario
de bodas.

—Mmh, el abrigo no lo veo…

—Gris, largo, no muy fino, fíjate. Quizá
no teníamos mucho dinero.

—¿Desde entonces? Qué destino el nuestro en la eternidad. ¿No será que hemos habi-
tado el infierno todo este tiempo?

Abrió unos ojos que me obligan siempre
a pedirle perdón.

—Perdón —y la besé.

Y siguió como si yo no hubiera mencionado lo del infierno:

—Casi no pasaban autos. ¿Tú viste autos?

—Pocos. Un Fordcito por ahí. Un Packard. Tal vez de veras tomamos el tranvía ya muy tarde.

—¿De dónde saldríamos, eh?

—Me encantaría averiguarlo.

Pero fue ella la que empezó a averiguarlo. Había largos paréntesis, pero de pronto insistía en regresar al mismo lugar y pararnos en la misma esquina y a la misma hora. Yo —qué doloroso confesarlo— empecé a sentirme ridículo.

—Mira, poco a poco he ido reconstruyéndolo todo —dijo—. Habíamos cenado en un restaurante que se llamaba *Silvayn* que estaba en la calle de San Francisco, hoy Madero. Durante años (de aquéllos de allá) guardé una cajetilla de cerillos con el nombre del restaurante. Me tomabas de la mano a través de la mesa y tus ojos brillaban con la luz de las velas. Algo escribiste en una servilleta que no logro reconstruir... ¿Te imaginas reconstruirlo? Al salir hacía frío (eso lo supimos desde el principio, ¿te acuerdas?) y te tomé del brazo y caminamos unas cuadras a esperar el tranvía ese que vimos, y antes nos detuvimos en el aparador de una juguetería.

—¿Teníamos hijos?

—No lo sé. Pero es posible puesto que nos detuvimos en el aparador de una juguetería.

—Claro.

El tema le dolía porque en esta vida —en nuestro actual matrimonio— no hemos logrado tener hijos por más intentos y exámenes mutuos que nos hemos hecho.

—¿Cómo has averiguado tanto?

—De repente se me viene la visión, así. ¿Me entiendes? Se me viene la visión y ya. O en sueños. Aunque más bien en eso que llaman duermevela. Lo veo y sé que así fue.

¿Así fue de veras? Aunque tampoco me importaba demasiado ante la inminencia de nuestro presente, que se vaciaba de sentido con cada nuevo detalle entrevisto y que no dejaba lugar para nada más; si acaso, el insomnio que empezó a atormentar a Lucía, y la ocupación convulsiva de tragarse las lágrimas durante el día.

En sus ojos, abiertos o cerrados, adivinaba yo la misma obstinación: algo como el roce de un recuerdo que hacía que sus facciones se crisparan.

Ahí estaba aquello de nuevo.

A veces me despertaba para contarme:

—Se llamaba *La Europea* la tienda de juguetes donde nos detuvimos. Estaba en Cinco de Mayo.

O:

—Mira esta fotografía antigua. ¿A poco no podríamos ser tú y yo los que van tomados del brazo?

O:

—Algo de un pacto de amor escribiste en la servilleta del *Silvayn*, pero cuál.

O:

—Usabas el pelo engominado, totalmente peinado hacia atrás. Te veías mejor, sí.

Lo decía con una voz pastosa que parecía surgirle del fondo del sueño a pesar de sus ojos abiertos. Yo la escuchaba con dificultad: a mí los sueños verdaderos me jalan hacia abajo, hacia adentro, hacia algo menos turbio que aquellos amaneceres insomnes, en donde los primeros autos empezaban a traquetear por la calle y las preguntas de ella me iban sonando ya muy lejanas.

—¿Cómo puedes dormir con algo tan importante por resolver?

Se veía ridícula sentada en la cama con su camisón bamboleante y sus labios lívidos de cólera o de miedo.

—¿Por resolver qué?

—¿Éramos tú y yo? ¿Estás seguro de que éramos tú y yo?

—¿Cómo puedo estarlo?

—Lo dijiste aquella noche, que éramos tú y yo. La primera entrevisión la tuvimos juntos. Acuérdate.

Yo la escuchaba con los ojos entrecerrados y la sensación de que una ráfaga de sueño iba a derrumbarme en cualquier momento.

—Lo dije, pero bueno, quizá por la emoción del momento.

—¿No has vuelto a tener entrevisiones?

—No, para nada. Vamos a dormir otro rato, ven.

Por momentos, ya dormida —si es que lograba dormirse— la volvía a sentir a mi lado a pesar del llanto estúpido que le empapaba la cara. Porque, además, si para algo sirvieron nuestras entrevisiones fue para afectar un deseo sexual que antes era casi pleno. Algunas noches intenté regresar al pasado (pero al de aquí, no al otro) con una mano que buscaba despertarla de veras, sacarla de ella misma (esto es: de nosotros mismos, alejarla de aquellos otros) y me topaba con la frialdad de sus músculos yertos, vencidos por una fatiga que ningún sueño podía curar porque eran precisamente los sueños que soñaba ahora los que la tenían así.

Decía de mi dormir pesado y sólo con pesadillas ocasionales. La mayor parte de las noches yo dormía de un tirón o sólo entre sueños oía a Lucía moverse en la cama, quejarse, respirar agitadamente, pararse al baño o bajar a la cocina por un vaso de agua. De pronto, dejó de despertarme para contarme sus dudas o sus visiones de la duermevela. Y así, entre sueños, alguna noche la oí marcharse largo tiempo de la recámara —supongo que iba a la sala— y regresar horas después.

—Prefiero al otro, a aquél —creo que me dijo una madrugada, y creo que le sonreí por toda respuesta.

Por las mañanas siempre la descubría con los mismos labios lívidos y la sensación de derrumbe que parecía pesarle en los hombros y que la mantenía como sonámbula durante el día. Por eso cuando comprobé que algunas noches salía en el auto no me sorprendí. La oía encender el motor casi con furia y salir del garage a una velocidad que debía estar prohibida a esa hora. Ningún caso hubiera tenido preguntarle. ¿Qué podía haberme contestado? Yo sabía a dónde iba. A dónde iba y a buscar qué. Y también por eso tomé con cierta resignación —con la resignación que es posible en tales casos— el hecho de que no regresara más. Hice mis actividades normales durante el día y cuando volví a casa por la noche y no la vi supe que era cierto: no iba a regresar. No fue fácil la siguiente noche sin ella —aunque en realidad hubo tantas desde antes en que ya no estuvo a mi lado—, con el hueco que dejó su cuerpo la última vez que estuvo ahí, porque no hice la cama y no había nadie que hiciera la cama.

Nos está buscando a los dos, me dije mientras miraba los últimos jirones del amanecer en la ventana, porque hasta eso me dejó: yo que antes dormía tan bien. Además de la obsesión nocturna de tampoco soportar la cama y empezar a buscarla en una calle en la que (lo sabía de antemano) ya no podía encontrarse más, no podía encontrarse más porque estaba en otro sitio, en ese otro sitio que yo aún no logro ver (entrever) pero que, estoy seguro, alcanzaré tarde o temprano si todas las noches voy a pararme a una esquina del centro de la ciudad a esperar pacientemente un tranvía que vendrá (tiene que venir) por el rumbo del Zócalo, con su trole llena de chispas y su resonar intermitente de campanillas.

El último fumador

Para Vicente Leñero
y Javier Sicilia
(mientras no dejen de fumar)

Justo cuando más se hablaba del triunfo definitivo contra el tabaquismo —"¡El planeta Tierra ha dejado de fumar!"— se publica la infausta noticia: aún había por ahí, escondido en un pequeño poblado centroamericano, un fumador irredento. Como para no creerlo.

Primero fue el repudio abierto a los fumadores —se les prohibió fumar en todo lugar público, incluso en la calle—, enseguida la inevitable prohibición tajante —la clausura de las compañías tabacaleras, los detectores de humo en hogares y oficinas y, claro, el consecuente tráfico ilegal de tabaco, los precios exorbitantes por un simple atado de cigarrillos de hoja, las dramáticas aprehensiones y condenas carcelarias a los fumadores incurables, incluso el terrorismo y la desestabilización social a manos de los tabacotraficantes.

El castigo, como era inevitable, pasó a ser la pena de muerte —recién reestablecida en prácticamente todo el mundo— para quien fuera descubierto fumando o en posesión de un poco de tabaco. La pena de muerte, aplicada incluso a delitos menores, trajo como consecuencia sociedades menos pobladas, más estables y pacíficas y, de alguna manera, un nuevo orden mundial. Lo cierto es que toda una nueva generación creció apanicada ante aquel hábito —ni siquiera podía llamársele vicio— que tanto atormentó a sus mayores y tantas muertes cobró.

Fue precisamente entonces cuando llegó a oídos de la poderosa Organización Mundial de la Salud —sus prohibiciones eran inapelables—, la noticia inconcebible acerca del que parecía ser un último fumador, escondido en un pobre pueblito centroamericano.

No fue fácil encontrarlo porque la denuncia provino de cartas anónimas. Se hablaba del poblado, pero no del sitio exacto. ¿Cómo descubrir a alguien que seguramente sólo fuma a escondidas? Hasta que un grupo de soldados que andaba de maniobras por el rumbo lo encontró. Binoculares indiscretos lo vieron a través de la ventana de su casucha: fumaba un enorme puro con delectación mientras se balanceaba suavemente en una mecedora de mimbre y leía un libro.

La orden del Presidente Municipal provenía del mismísimo Gobernador y era perentoria: caerle por sorpresa y fusilarlo en caliente, él luego le explicaría a la prensa.

El hombre —en realidad ya muy viejo, macilento y con barbas plateadas— no se inmutó con el estrépito con que entraron los soldados a su reducida habitación, con las paredes pintadas de añil y el piso de tierra apisonada. Ni se inmutó con la sucinta acusación, y ni siquiera con la orden de prepararse para ser fusilado en ese mismo momento. En realidad tenía una expresión cansina como de haberlos estado esperando. Quizá de haberlos estado esperando desde hacía muchísimo tiempo. Sólo pidió, como último deseo, terminar de fumar su puro, aunque tuviera que ser frente al pelotón de fusilamiento. Contemplaba largamente la ceniza: un gran capullo pegado a la lumbre. Por lo demás, la nube que envolvía al viejo le servía para mantener a cierta distancia a los soldados, quienes soltaban continuas toses exageradas, carraspeos espasmódicos, manotazos hacia todos lados para alejar el humo, que terminaba por enroscarse en la luz amarillenta de un quinqué de queroseno.

—Bueno, pues ahora pasemos a ese acto solemne de la muerte —dijo con un suspiro y dejó el libro que había estado leyendo sobre la mesa de madera mal pulida, al lado de un plato con restos de comida y una jarra de café.

El grupo de soldados lo contempló un momento con unos ojos en los que papaloteaba la duda. Parecía el piquete de soldados de un museo de cera. A pesar de sus fusiles amenazantes, la inmutabilidad del viejo les había hecho perder la altanería con la que entraron a la casucha.

Salieron a una noche incipiente, con luces fugaces del atardecer que se iba, e improvisaron una barda trasera como paredón. El pequeño huerto desprendía un olor fresco a guayaba y a ciruelo. Una cerca de madera deslindaba la casa y el huerto de las tierras de labranza.

El viejo fue a ponerse frente al pelotón de fusilamiento, muy derecho, y con la mano libre en alto pidió un momento para, ahora sí, terminar de fumar el puro. Lo sostenía muy suavemente con las yemas de los dedos. A cada fumada se encendía el vago resplandor de la lumbre, acentuado por la noche que llegaba. El capullo blanco de la ceniza —que el viejo no dejaba caer— era ya mayor que la base de tabaco que lo sustentaba. Las finas hebras de humo le enramaban el rostro.

—Seguramente el cielo, si existe, es un lugar en donde se puede fumar puros —dijo el viejo entre dientes.

Fue lo último que dijo porque acto seguido dejó caer la colilla a sus pies y la apagó con un ligero pisotón. Miró impasible hacia las armas en el momento de dispararle, y cayó a tierra lentamente, como un muñeco al que le hubieran cortado, uno por uno, los hilos que lo sostenían.

Un soldado fue a darle el tiro de gracia: joven recién alistado a quien su sargento ponía a prueba con aquel trámite sepulcral. Se puso en cuclillas y con una mano temblorosa acercó la pistola lo más posible a la sien. Pero al ir a disparar descubrió los ojos desorbitados del viejo: alargaban sus pupilas de carbón, rasgaban el velo que caía sobre ellos. Las cuencas, cada vez más abiertas, parecían guardar una súplica que intrigó al soldado. Se inclinó un poco más y entonces, resoplando, el viejo le soltó en la cara una última bocanada de humo denso. Fue como si lo hubiera escupido, aunque el soldado más bien se sintió halagado de recibir aquella señal secreta, el lazo final —y de humo— que unía al viejo con la vida. Ese humo que el soldado aspiró sin remedio, plenamente, impregnándose del perfumado sabor del tabaco.

Aun lo aspiró más —como si suspirara— antes de decidirse a disparar.

—Ni modo, señor. Es mi obligación. Perdón.

El viejo intentó sonreír —por lo menos al soldado le pareció que el viejo intentó sonreír—y aún redondeó los labios y soltó un último hilito de humo que, como en un beso final, el soldado se acercó un poco más para recibir.

La cabeza del viejo retumbó con el fogonazo. Una gran flor de sangre brotó en la sien y bajó por la mejilla. Los ojos se cristalizaron un instante después y se quedaron, ya fijos, en un punto indefinido de la noche.

Entonces el joven soldado miró de reojo hacia todos lados para comprobar que no lo veían —la noche caía crecientemente oscura— y con un movimiento rápido, cubriéndose con su propio cuerpo, tomó la colilla del puro que había quedado junto a la cabeza del viejo, la olió un instante y se la guardó en uno de los bolsillos de la casaca del uniforme, abotonándolo enseguida, por si acaso.

La absolución

Para Alicia y Paco Prieto

—Lo amo. No puedo remediarlo, padre. Aunque destruya su matrimonio. Aunque destruya el mío. Lo amo aunque nos destruyamos juntos y esta relación nos lleve al mismísimo infierno. Es algo... ¿cómo explicarle? Apenas me toca con la mirada todo lo demás se aleja: Dios, el miedo, mis hijos, mi marido... Ahí donde me acaricia hace nacer como una flama en la que yo soy yo más de lo que nunca había sido. Por eso, por nada de este mundo ni del otro podría arrepentirme de desearlo como lo deseo...

—¿Es todo?

—Sí padre.

—Yo te absuelvo en el nombre del Padre, del Hijo y del Espíritu Santo.

La mesita del fondo

Para Hero Rodríguez

Cruzó la nube de humo y fue directamente a la mesita del fondo, junto a la cocina. Frotó una mano con otra y un hondo ahhh le salió del pecho como un apagado grito de júbilo: se estaba bien ahí, sobre todo viniendo del frío y de la barahúnda de las calles del centro en pleno diciembre. Eran como sonrisas los gritos y el restallido de las fichas de dominó en la formaica y los vasos y las copas en un constante vaivén. Se quitó la gorra de lana (que en tiempos de frío usaba encasquetada hasta la raíz de las orejas), la jugó un momento en el índice antes de dejarla caer en la silla.

Era una mesita escondida, envuelta en una esfera de luz brumosa y polvo, con una absurda, desvaída cortina de terciopelo guinda atrás, como telón de fondo, enmarcándola; su mayor ventaja, por lo demás, era que desde ella se dominaba la cantina como desde un mirador. Llamó a un mesero y le preguntó qué podían cocinarle rápido, una carne asada, alguna ensalada o unos huevos, sí, unos huevos con jamón o con salchichas, traía un hambre. Ah, y un ron con agua mineral. El mesero contestó cómo no, señor, en un instante, sonrió y se perdió al final del pasillo que formaban dos hileras de mesitas.

Al volverlo a ver, unos minutos después, le pidió en tono suplicante:

—Agrégueme unos frijolitos refritos con queso fresco espolvoreado encima, por favor, ¿sí?

El mesero se limitó a abrir de nuevo su amplia sonrisa.

No sabía qué hacer mientras esperaba. Frotó nuevamente las manos, soplándoles aire caliente. Silbó una tonada pegajosa que le perseguía desde hacía días. Buscó la pluma fuente en el bolsillo interior del saco y empezó un par de caricaturas en una servilleta, pero los trazos eran desmañados, aburridos; realmente no tenía ganas de dibujar, para qué seguir. Arrugó la servilleta en un puño y la colocó en el cenicero. Continuó silbando. Y frotaba y soplaba las manos una y otra vez. Observó a Quitos, el cantinero que, acodado en la barra, había comenzado una acalorada discusión con un hombre de pelo y nariz rojos que se balanceaba en un banco.

—Ya viene su plato, señor —le anunció el mesero de paso a la cocina, deteniéndose apenas. Él sonrió y pasó la lengua por los labios, luego por los dientes.

De una puerta junto a la barra salió un muchacho flaco que caminaba como sobre una nube y fue a sentarse al piano, se arremangó el saco y la camisa y empezó a tocar con verdadero arrebato, contrastando la música con lo etéreo de su aspecto. Traía en la ropa ese lustre por haberla lavado y planchado demasiadas veces. Sus manos bailaban de prisa sobre el teclado, de pronto iban despacio, extrayendo inflexiones muy dulces y lánguidas, de aquí hasta allá, inclinando el cuerpo. En ocasiones, volvía su rostro luminoso, feliz, para sonreír a quién sabe quién y creyó que una de esas sonrisas era para él. También sonrió y hasta lo saludó con un ligero movimiento de la mano y se sentía nervioso por la gente, carajo, que no le dejaba escuchar. Apoyó los dedos en las sienes y trató de concentrarse sólo en la música. El chico del piano estaba sudando a chorros pero parecía no notarlo, en el colmo de la concentración. Sorpresivamente se detuvo pero no levantó la cabeza, la mantuvo apuntalada ahí, como si algo lo aplastara, estancado en un agua pesada: mirando sólo los rectángulos blancos y negros y sus manos enconchadas. A pesar de los gritos y de las fichas de dominó sobre la formaica, él tuvo la impresión de que todo estaba en silencio. Así hasta que el chico sacudió la cabeza, alargó el cuello como una tortuga —seguro traía el sabor de sal hasta en los ojos— y se puso de pie para agradecer con una caravana los aplausos tímidos. Luego se fue rumbo a la puerta por donde había entrado.

Genial, pensó, pero no se atrevió a manifestar un entusiasmo menos cauto que el de los demás.

Cuando el mesero pasó junto, apresurado, en una mano la charola colmada de platos sucios y en la otra, entre los dedos, tres vasos, lo llamó para preguntarle qué diablos pasaba con su comida. El mesero hizo un gesto de contrariedad y dijo que no se explicaba cómo tardaba tanto, disculpe, en un segundo se la traía; siguió su camino y con el hombro empujó la puerta de la cocina. A él le pasó por la nariz, como una mosca, el sabroso olor a guisado. Lo aspiró profundamente, relamiéndose los labios. Luego se acodó en la mesa y estuvo así dándole vueltas a diferentes problemas, haciendo planes, recordando, en ocasiones casi quedándose dormido; movía nerviosamente un pie, cambiaba de posición, se recargaba en la silla, la hacía bailar apoyando el respaldo en la pared y dejándose ir hacia delante, se sentaba sobre una pierna, observaba a la gente que entraba; terminó una caricatura de los dos tipos sentados en la mesa de junto, sonrió y rompió la servilleta en minúsculos pedacitos que dejó caer en el cenicero como confeti; se rascaba la cabeza, se recostaba en la mesa con los brazos como almohada.

Dos horas después estaba de veras desesperado. Quitos salió de la barra e iba rumbo a la cocina cuando él lo detuvo con un grito que obligó a volverse a los de las mesas cercanas.

—Oiga Quitos, pregúntele a sus meseros qué pasó con mi comida y mi bebida —alargó un brazo para descubrir el reloj de pulsera—. Mire nada más, Quitos, son casi las cuatro de la tarde y estoy aquí desde las dos —le mostraba la otra mano abierta para acentuar lo dramático de la situación—. Caray, qué clase de servicio es éste, tengo un hueco en el estómago como no se imagina. Ni siquiera he desayunado. A todos —y repitió "a todos", subiendo el tono de la voz— los que han llegado después de mí ya les sirvieron. Total, si tienen mucho trabajo en la cocina que me traigan cualquier cosa, alguna botana, unos cacahuates, unos pistaches, unas aceitunas, lo que sea. Pero sobre todo la bebida. Creo que van a empezar a temblarme las manos si veo beber a todos a mi alrededor y yo no tomo nada —y suavizó la perorata con un simulacro de sonrisa.

Quitos lo prometió amablemente, también sonrió, juntó los talones y siguió su camino.

Del bolsillo del pañuelo él tomó la pipa y en una ceremonia larga y tediosa la cargó de tabaco. Luego la llevó a los labios y la dejó colgar flojamente, apenas sostenida con el mínimo esfuerzo, la madera rozándole la barbilla. Encendió un cerillo y lo mantuvo un momento frente a los ojos, mirando a la gente a través de la llama, o pensando que la gente lo podría estar mirando a él a través de la llama como a través de un muro de fuego, detrás del cual su sonrisa —ahora sí muy abierta— descubría el brillo de los dientes. Luego, despacio, llevó el cerillo a la boca de la pipa y empezó a aspirar el aire caliente, el olor a maple. Estuvo así un rato, echando el humo en cuanto lo recibía.

Los tipos de junto se habían marchado, sobre la mesa quedaban los platos sucios, un tarro y una copa vacíos y unas monedas de propina. Un mesero recogió todo con cuidado y guardó las monedas en un bolsillo. Pasó junto a él, le hizo una seña con el índice y el pulgar apenas separados, guiñándole un ojo, y desapareció tras darle un puntapié a la puerta de la cocina.

Junto a la mesa recién abandonada había otra donde cuatro tipos jugaban un eufórico dominó. Más allá estaban los reservados. Sólo podía ver el respaldo negro y alto del primero, oír las voces entreveradas con el ruido de las fichas. El humo subía en espirales y en lo alto formaba una gruesa capa que se distendía como neblina apresando la luz opaca de las bombillas.

Era la hora en que la gente salía de las oficinas y el bullicio aletargaba hasta al más concentrado. Él sostenía la barbilla entre las manos con unos ojos ausentes. Vio pasar al mesero y ya no le preguntó nada, sólo chasqueó la lengua en un gesto de ira enmascarado de indiferencia. Por la puerta entornada se colaba un rectángulo de luz (el último de la tarde) que acuchillaba a las siluetas de la barra y diluía a las restantes; así, la única guía era el ruido, el tintinear de las copas, el raspar de los cubiertos, el barullo que la gente hacía al comer, los gritos y las carcajadas. Las figuras que distinguía con claridad eran las que se ponían de pie o las que recién entraban; las que permanecían sentadas terminaban por volverse la cresta de una ola oscura. Agachó la cabeza y una lágrima rodó por su mejilla yendo a morir al dorso de la mano.

Masculló una pregunta que le produjo escalofrío:

—¿Por qué a mí?

Le temblaban las manos.

—Estoy aquí.

Levantó los ojos:

—Y ellos están allá. Me muero de hambre. Me muero de hambre.

Otra lágrima.

A las diez de la noche la cantidad de gente que entraba y salía disminuyó. Quitos, que había andado de un lugar para otro dando órdenes a los muchachos durante el ajetreo, permanecía ahora cerca de la barra, limpiando un vaso con el delantal. Más tarde, se volvió y se puso a acomodar las botellas, colocándolas en ristra.

Un par de horas antes el chico del piano había interpretado otra candente melodía, recurriendo al final al mismo golpe dramático de permanecer un momento inmóvil, clavado sobre las teclas, con las manos crispadas.

De cuando en cuando, cada vez con menos frecuencia, se escuchaba el restallido de una ficha de dominó.

Guardó la pipa en el bolsillo del pañuelo y cerró los ojos para restregar los párpados con los índices. Estuvo así un momento, confinado a sí mismo. Entonces pensó que no tenía remedio. Abrió los ojos repentinamente, como esperando una sorpresa, buscando algo sobre la mesa (un sándwich, una copa de ron, unos cacahuates, los frijoles refritos con el queso fresco espolvoreado encima, una sopa de camarón, unas papas fritas, cualquier cosa), pero no: sólo el cenicero con el tabaco quemado y los restos de las servilletas como confeti.

Mientras más tarde, era peor la cosa. La gente hablaba despacio, midiendo las frases, como si las palabras pesaran más a medianoche. Algunos salían dando traspiés, quejándose incoherentemente con voz pastosa, y se perdían en la noche.

Hoy me hubiera encantado emborracharme, se dijo al final.

A la una, Quitos limpió por última vez la superficie de la barra, dio una orden y los meseros empezaron a levantar las sillas y a colocarlas encima de las mesas. Se desprendió el delantal y se metió en un saco azul marino que tomó del perchero.

Las luces se fueron apagando una por una, como después de la función.

Él veía a los meseros atender las últimas tareas. Se puso de pie y rápido, sin volverse, manteniendo la mirada en la punta de los zapatos, salió empujando bruscamente la puerta. Afuera lo deslumbró la luz plateada de un farol. Hacía frío, mucho frío. Encasquetó la gorra de lana hasta las cejas y levantó la solapa del saco. La calle estaba llena de basura y había apenas algunas ventanas encendidas. Oyó el maullido de un gato invisible. Comenzó a subir la calle, caminaba con los hombros encogidos, un doloroso vacío en el estómago que le amargaba la saliva, y los puños apretados en los bolsillos.

La cruz de plata

La claridad, la transparencia, el frescor del agua justo al nacer la mañana, producían a Pablo una exaltación física muy semejante a una lúcida embriaguez. Se sentía tan feliz, tan envuelto, tan saturado de esa luz primeriza, que a veces, al estar de nuevo en tierra firme, tenía el vacilante andar de un joven medio ebrio. Nadando de "muertito" —exactamente así, de "muertito"—, en efecto, adquiría tal expresión de deleite en el rostro que parecía un iluminado favorecido por alguna inefable visión. Qué lejos le parecía —estando en realidad a unos pasos— el caserío pesquero que se extendía a lo largo de una playa sucia, cubierta de algas muertas y brea derramada, donde pululaban los cangrejos entre maderas rotas y sogas podridas. Un muelle de tablas, dañado por las cargas y descargas de pesados materiales, avanzaba hacia un mar turbio, manchado de aceite, cuyas ondulaciones no hacían espuma, de tan arruinado que estaba. Redes alicaídas secándose en la arena. La fonda —donde Pablo trabajaba como mesero— con su techo de palma y sus paredes mal pintadas a lechadas de cal.

En cambio aquí sólo estaban él y el mar. Pero a condición de ser a la hora en que el sol cobraba su mayor, y casi descomunal, impulso para nacer. Su padre, recién muerto hacía unos meses, se preguntaba: si no hubiera alguien que lo contemplara, ¿el sol se decidiría de una buena vez a terminar de nacer?

A veces, movido por las energías nuevas que el amanecer le infundía, Pablo emprendía largas exploraciones por los acantilados, trepando, saltando, maravillándose de todo lo insólito que descubría al pie de las rocas. Suyas eran las caracolas y su música de pleamar; suyos los careyes acorazados de topacios, que ocultaban sus huevos en agujeros que luego rellenaban y barrían con las escamosas patas; suyas las piedras negras, libres de la sal marina, que sólo se encontraban encima de las más altas rocas; suyas las gaviotas mitoteras que volaban a ras del agua. En fin, suyo era el interminable horizonte repentinamente encendido por un sol ya dueño de sí mismo y de su poder. Primordial sensación de belleza, gozada igualmente por el cuerpo y el entendimiento, que nacía de cada renacer del mundo entero. Belleza cuya conciencia, en tal soledad, se transformaba, para un joven tan emotivo como Pablo, en orgullo de proclamarse dueño del mar, de la tierra, del abismo donde terminaba el cielo, como supremo usufructuario —él, él solo— de la creación.

Aquella mañana debían ser menos de las seis cuando llegó al promontorio del norte y reconoció la mayor de las caletas, su predilecta, que fuera también la predilecta de su padre. Se tiró al mar desde una roca. El agua estaba fresca y le provocó un gran bienestar dejarse llevar por las corrientes caprichosas hasta la entrada de una gruta.

Ahí la vio.

Primero supuso que era un trozo de metal cualquiera. Pero al rescatarlo, descubrió que se trataba de una hermosa cruz de plata, del tamaño de un puñal, con un Cristo en relieve tallado al mínimo detalle, con un perfil intacto, de finos labios biselados. La miró sorprendido, sintiéndola aterciopelada por la lama, vellosa por el musgo que la envolvía.

Se la llevó consigo como la más preciada de las reliquias —yo la encontré, yo la rescaté, yo la salvé, se repetía— y en una de las mesas de la fonda le raspó los últimos filamentos de medusas con un pequeño gancho para descamar pescados. A medida que lo hacía, dedujo que ese bello crucificado tan bien torneado debía venir de océanos muy remotos y antiguos. ¿Cómo pudo alguien copiar su cuerpo original con tanta exactitud? Quizás ese pobre Cristo había nadado por infinidad de laberintos de corales antes de salir a la superficie y llegar a sus privilegiadas manos de joven exaltado, incapacitado para aquilatar tal milagro. ¿O se habría la cruz desprendido del naufragio de un galeón y perteneció a un capitán pirata, que la llevaba siempre consigo, junto con su arcabuz para matar caníbales?

—¿Qué traes ahí? —le preguntó por encima del hombro don Ramiro, el dueño de la fonda.

—Una cruz de plata que me encontré en el mar.

Don Ramiro le acercó su cara redonda como un queso.

—Está bonita. Y se ve antigua. Carajo, antiquísima. Debe valer por lo menos quinientos pesos.

—No la voy a vender. Me voy a quedar con ella.

La metió en uno de los bolsillos de su pantalón de mezclilla y durante todo el día —mientras atendía a los clientes, limpiaba las mesas o preparaba cocteles de camarón—, se sintió feliz de llevarla ahí, tan segura, tan escondida, tan protegida, tan suya. En una escapada al baño, le dio un beso, el primer beso que le dio a su cruz, y sintió una honda emoción que le recorrió como culebritas por todo el cuerpo.

Por la tarde, cuando el sol abría una suntuosa cola de pavorreal en el horizonte, con el cambio de turno le dejó su lugar en la fonda a un joven más o menos de su misma edad, y él se fue a su casa. Un día más. ¿Un día más? De los matorrales cercanos subía un olor herboso, un poco ácido, mezclado con el yodo del viento.

Cuando llegó, su abuelo estaba sentado a la mesa de madera mal pulida que ocupaba el centro de la casucha. Al fondo resaltaba la cama con cabecera de latón donde dormía la madre (y hasta hacía unos meses, también su padre). En los rincones había dos colchones raídos, con tumores de paja. Un pedazo de espejo sujeto por tres clavos mohosos en el dorso de la puerta. Al mecerse, la lámpara de queroseno colgada del techo difundía una luz turbia y levantaba en las paredes de adobe largas sombras, temblorosas figuras fantasmales. También había una hornacina ruinosa con una veladora a los pies de una Virgen de yeso con el Niño en brazos. En esos momentos, el abuelo tejía uno de los sombreros que luego la madre vendería en el mercado. Había terminado la copa de uno de ellos y comenzaba el ala, añadiendo nuevos filamentos.

Pablo puso la cruz de plata junto a la Virgen de yeso y se sentó a la mesa a contemplarla.

—Me la encontré en el mar —le explicó a su abuelo.

—Te va a traer buena suerte, como todo lo que encuentra uno en el mar.

La veladora de la hornacina, ya minúscula, exhalaba un humillo rizado y oscuro que envolvía a la Virgen de yeso y al Cristo de plata —qué pareja— con un aura sobrenatural.

¿En qué otro lugar mejor podía estar su hermoso Cristo?

Unos minutos después llegó la madre y les preparó tortas de nopal y café. Cuando Pablo le contó de la cruz de plata, ella fue a revisarla por uno y otro lado y la estuvo contemplando largamente. Le llamaba la atención el perfil tan delineado del Cristo.

—Está bonita la cruz, muy bonita. Hay que enseñársela al padre Javier.

Los días siguientes, antes de salir a nadar, Pablo besaba y se persignaba frente a su cruz, y lo mismo hacía al acostarse. Pero especialmente recurría a ella —la apretaba entre las manos— cuando había tormenta por la noche, algo que le producía una sensación exactamente contraria a la de los amaneceres despejados.

Lo despertaba, ya tembloroso, la turbamulta del cielo, el viento que silbaba y levantaba altas olas estallantes. Un rayo amartillaba con tal seguimiento que no terminaba aún de alumbrarlos con su luz tétrica, cuando ya otro se le encadenaba. ¿Sería que el miedo se le acrecentó porque la barca de su padre nunca regresó de una de esas tormentas? Papá, ¿por qué nunca regresaste más?, se preguntó durante los primeros días. Pero luego se hizo a la idea de que no regresaría, como se hacía a la idea de tantas otras cosas.

Así que, sin remedio, había que aguantar la tormenta como el hombrecito valiente que fue desde que su padre se lo inculcó, sin ninguna posibilidad de llorar ni dormir, hasta que, la tormenta se llevara sus últimos rayos, cerrando el tremebundo estrépito de sus iras con el acorde de un trueno muy rodado y prolongado. Después, por fin, el mundo se reacomodaba y cada cosa encontraba su lugar, no había más luces insólitas, los grillos cantaban y era posible volver a dormir.

Un domingo, su madre lo obligó a llevar la cruz a misa y luego a enseñársela al padre Javier.

Estaban en la sacristía, dentro de un ambiente oloroso a incienso y a flores que se deshojan. Sobre una cajonera se extendía crujiente la vieja casulla. En la pared había una foto del Papa, retocada hasta la caricatura.

El padre Javier —perfectamente rasurado, con labios gruesos, sensuales, y unos ojos oscuros entrecerrados que parecían hacerle un favor al mundo al mirarlo— estudió detenidamente la cruz y sacó una conclusión que estremeció a Pablo.

—Debe ser antiquísima y valiosísima. Sólo un especialista, quizá del propio Vaticano, podría decirnos exactamente cuánto.

—Pero es mía —dijo Pablo, rescatando a la vez la cruz de la mano regordeta del sacerdote.

—Hijo mío, una cruz tan valiosa como ésta —mirándola ya de lo más lejana en la mano de Pablo— no es ni tuya ni de nadie, entiéndelo, es de nuestra Santa Madre Iglesia.

—Eso es verdad, Pablito —terció el abuelo, quien hasta ese momento había permanecido un poco distante.

—Haremos lo que usted diga, padre —intervino la madre con su voz de maullido, achicándose aún más dentro del chal.

A Pablo los ojos le revolotearon en las órbitas como aves enloquecidas.

—Yo personalmente la llevaré a la ciudad de México para mostrársela a nuestro arzobispo —agregó el padre, y trató de palmearle la espalda, pero Pablo lo rechazó con un movimiento brusco.

Entonces el mundo entero estalló y empezó a girar vertiginosamente dentro de su cabeza y, con la cruz muy apretada en una mano, salió corriendo de la sacristía.

Corría desaforadamente, sin saber exactamente hacia dónde. Calles y caminos de terracería, malezas, espinos retorciéndose. Tropezaba, resbalaba, se levantaba, hacía equilibrios, apretaba más la cruz contra su pecho. A su corazón asustado le faltaba la respiración. Por momentos, tenía la impresión de que corría hacia ellos, hacia el padre Javier, hacia su madre, hacia su abuelo, y cambiaba el rumbo.

Al caer en la arena sentía una mareante sensación de frustración. ¿Todo este dolor por rescatar una simple cruz de plata, Pablito, carajo, como diría don Ramiro, el dueño de la fonda, tan práctico, tan experto en los problemas de la realidad real? Respiraba profundamente, metía la cabeza dentro del pecho, escuchaba el retumbar de su corazón rebelde, sentía una profunda pena de sí mismo —¡sálvala, sálvala!—, pero enseguida seguía trotando, caminando, aunque ya no pudiera correr.

Caminó hasta que le cayó la noche encima, con el atronar formidable del mar enfrente. ¿Por qué rumbo? Nunca un cielo le había parecido a Pablo tan próximo, con los racimos de estrellas tan al alcance de la mano. Si se volvía, tenía la fantasía de que atrás de él venían su madre, su abuelo, el padre Javier con sus gruesos labios gritando: "¡No es tuya, es de la Santa Madre Iglesia!". Por eso, al llegar al promontorio del norte y reconocer la mayor de las caletas, metió la cruz en un bolsillo de su pantalón y no tuvo duda que, desde ahí, como todas las mañanas, debía tirarse un clavado y nadar hacia el mar abierto, todo lo que más pudiera hacia el horizonte. ¿Hasta dónde podía llegar? Total, no tardaría demasiado tiempo en salir el sol con sus descomunales intentos por renacer, y con él el mundo entero.

El libro

Para Gonzalo Celorio, que sabe
cuál es el libro

Me lo dijo su hermano por teléfono: Silvia tenía un virus en el corazón. Le empezó con ma-
reos, palpitaciones, taquicardia, sofocos, un
nudo en la garganta, todas esas cosas. Al principio pensaron en un infarto (imagínate, a los
veinte años, la pobre), pero no, cómo podía ser,
la llevaron al hospital y después de enchufarle
electrodos, ventosas y sondas, diagnosticaron lo
del virus en el corazón, algo de veras serio, casi
no hay manera de sacártelo ni rezando.

—¿Ya hicieron de veras la prueba de rezar?

Soltó un resoplido (quizás era una car-
cajada) y me colgó.

Por si acaso, yo sí recé un poco por ella.
Luego le llevé un libro y rosas al hospital.

Me pareció que debería ponerme corbata, pero me puse una anchísima y pasada de
moda, lo que descubrí demasiado tarde, en el
espejo retrovisor del auto. No hay nada peor que
ir a un hospital a visitar a una amiga y llevar una
corbata con la que uno se siente ridículo.

Silvia estaba en Terapia Intensiva y sólo
desde lejos me permitieron verla. Tan de lejos
que casi no la vi. Pero adiviné su perfil afilado,
cerífico, el frasco de suero y la televisión a la que
estaba conectada, que reproducía con líneas dis-

continuas y estrellitas intermitentes los latidos de su corazón. Me dio mucha pena y pensé que si sanaba podía amarla siempre.

Intercambié gestos compungidos con sus papás y su hermano y unos tíos. Hablamos un rato del aire contaminado de la ciudad, algo que la Secretaría de Salud ocultaba para no alarmar a la ciudadanía, a unos meses de las elecciones presidenciales, un crimen. Lo habían leído en una revista: a un médico del hospital de la Raza casi lo torturan por denunciar el nuevo virus: un dardo directo al corazón de los capitalinos.

—Vea a mi hija, ahí tumbada, pagando las consecuencias de este gobierno corrupto y mentiroso. Como todos, yo pensaba: esto no podía pasarme a mí, hasta que me pasó.

Me sentía ridículo en el pasillo, hablando de cosas tan serias y con la corbata tan ancha, las rosas y el libro envuelto para regalo en las manos, que nadie me quitaba ni me decía dónde ponerlos. Y luego con las máscaras de tiza que nos pone a todos la luz neón de los hospitales. Hasta que por fin la madre (una mujer de lo más pequeñita pero con unos ojos muy vivos) dijo que iba al cuarto por un alkaseltzer y la seguí. Hablaba y hablaba en el camino y casi la levanto en vilo para que no la atropellara una de esas mesitas con ruedas llena de algodones y frascos, que conducía a toda velocidad una enfermera. En algún momento me preguntó si ese nuevo virus no nos lo habrían mandado los palestinos, ella había estado en un campo de concentración de niña y conocía (presentía) el odio eterno de los antisemitas. Le contesté que era muy probable, y ya en el cuarto dijo qué bonitas flores. Me las quitó de las manos, las puso en un florero y dijo que Silvia iba a estar feliz de verlas ahí y de saber quién se las había traído. Pero de pronto se puso triste.

—Con tal que la sacaran de esa sala tan fría de los enfermos graves... —dijo dentro de un puchero. Y agregó: —Mi niña.

Le pasé un brazo por el hombro, yo mismo muy afectado.

—Se va a salvar, señora, yo le juro que se va a salvar.

Aunque, la verdad, lo que más me provocaba una ternura dolorosa era ver una piyama de Silvia sobre la cama: de franela, amarilla y con ramitas verdes. Imaginé el día en que Silvia la compró (quizá se la compró su mamá, pero era lo mismo), en que la escogió entre otras, en que se la probó por primera vez, en que le gustaron el color y las ramitas verdes, en que despertó y supo que llevaba puesta su piyama nueva. Siempre me ha provocado ternura —una sensación muy rara en el estómago— imaginar a la gente comprando la ropa que lleva puesta, pero en aquella ocasión ante la piyama de Silvia sentí de veras que estaba a punto de llorar. Casi tuve que mirar hacia otra parte y salir del cuarto cuanto antes.

A los pocos días la propia Silvia me llamó:

—Me curó el libro que me trajiste. De veras, lo empecé a leer y enseguida me sentí mejor.

Casi me pareció descarada la forma en que insistía: el libro que me trajiste, el libro que me trajiste, como diciendo: tú mismo, me curaste tú mismo.

Quedé de ir a verla al día siguiente y aún agregó:

—Los propios médicos no lo creen. Dicen que nadie se cura por leer un libro. ¿Tú ya lo leíste?

—No, te lo compré porque me lo recomendaron, pero no lo he leído.

Cambió de tono:

—¿Cómo puedes regalar un libro que no has leído?

—Ya ves, confío en quien me los recomienda.

—¿Quién?

—Ah, eso te lo digo mañana.

—Pues léelo de hoy a mañana. Es una maravilla.

Tuve que ir a comprar otro libro igual. Era imposible imaginar que estaría al día siguiente a su lado sin haber leído el libro.

Lo abrí y desde el índice, desde el epígrafe y las primeras líneas, comprendí que Silvia tenía razón. Por Dios, claro que tenía razón. Conforme avanzaba en la lectura, me pareció de lo más comprensible su recuperación repentina, pero cómo no, el brillo saludable que le habría nacido en los ojos al volver cierta página, la presión arterial que se le normalizó en otro pasaje, el bombear rítmico del corazón en las páginas del final, la sangre que le habría empezado a fluir por el cuerpo con la naturalidad de esa prosa musical —Señor de los Milagros que estás escondido en cualquier sitio y en cualquier letra que leamos, como decía San Agustín—, el virus que se volatilizó ante el asombro de los médicos. El mismo asombro de los médicos, supongo, cuando descubran mi palidez súbita, la anemia inexplicable en el fondo de los ojos, el sofoco insoportable, las palpitaciones, la taquicardia, el nudo en la garganta, las páginas que alcanzaré a arrancarle al libro, y que no dejaré de estrujar aun cuando me conduzcan en una camilla por un pasillo gris a la fría sala de Terapia Intensiva del hospital y me conecten a una televisión donde veré en forma de líneas discontinuas y estrellitas intermitentes los latidos de mi corazón.

El paramédico

Mientras me esperaba, el viejo Ronaldo tenía la cabeza recostada en un puño y alzaba el labio para mojarse el bigote gris, ralo y hundido. Apenas me vio, aleteó una mano para apartar el humo del cigarrillo, mitad ceniza. Había intentado infinidad de veces dejar de fumar y suponía que molestaba al mundo entero con el humo de su cigarrillo.

—Hola, hola —dijo y se sacudió como si despertara, esbozó una sonrisa, carraspeó, estaba feliz de verme. Mientras le palmeaba el hombro sentí que lo estimaba más de lo que creía. Llevaba el traje lustroso de siempre y una de las dos o tres corbatas que le había visto en los muchos años que tengo de conocerlo. Parecía cansado, con manchas de sueño andándole por la cara.

—Quise darle la exclusiva. Pídase un whisky doble para emparejarse.

Los ojos se le revolvían en las órbitas como si tuvieran azogue. Sus manos eran cortas pero fuertes, casi sin uñas, con venas salientes en el dorso: verdaderos ríos con sus ramales, afluentes, deltas.

—Me voy a ir de la Cruz Roja. Qué remedio. Me obligan a jubilarme —dijo, como tragándose su propia voz.

La noticia me cayó como balde de agua fría. Y seguramente lo mismo iba a sucederles a todos los que trabajábamos con él en la Cruz Roja.

Lo que supuse cansancio era más bien un estado nervioso alterado, porque el viejo Ronaldo se reacomodaba una y otra vez en la silla y manejaba con gestos demasiado rápidos el cigarrillo y el vaso con whisky.

En una ocasión, hacía meses, después de algunos whiskys de más, me confesó que no pedía otra cosa a la vida que morirse trabajando en la Cruz Roja. Y ahora lo obligaban a jubilarse, carajo.

—He consolado a tantos heridos en mi vida. Se me ha muerto tanta gente en los brazos, que cómo voy a renunciar a ellos. Somos como una familia, aunque no los vuelva a ver. Ya sé que estoy viejo, que apenas si puedo caminar, que debería hacerme a la idea, pero esto de mirar el fondo de los ojos de los moribundos se puede volver un vicio. Botados, reventados, opacándose y cubriéndose de moho, la boca entreabierta como para emitir una última queja imposible, atorada para siempre...

Ronaldo parecía a punto de llorar y hacía largas pausas en que resoplaba con un ruidito pedregoso.

—Veo con toda claridad llegar la muerte a sus ojos, cuando el tumulto de su pecho se aplaca, y me pregunto si de veras ellos ya no verán nada por dentro. O a lo mejor sí y hasta saben de mí porque me tienen enfrente, abrazándolos, hablándoles al oído palabras de consuelo. ¿Será que con el alma desprendida del cuerpo pueden ver la escena completa desde lo alto? ¿Usted qué cree?

Pero no esperaba mi respuesta y continuaba:

—Con los heridos es otra cosa, ya lo habrá usted visto. Gruñen, lloran, maldicen, llaman a gritos a algún familiar, emiten quejidos apagados en un monótono coro de lamentaciones que me sé de memoria. Algunos se quieren poner de pie a la fuerza, aseguran que no tienen nada, se sienten perfectamente, se arrancan las vendas, nos empujan aunque se estén desangrando, aunque les falte el aire. Otros, por el contrario, se nos entregan en las manos como pajaritos heridos, nos miran con un miedo que los desenmascara. Usted sabe, nuestros rostros tienen un secreto aunque no sea siempre el que intentamos esconder, y en momentos tan traumáticos ese secreto aflora sin remedio, y ellos lo saben. Por eso nuestras palabras les calan tan hondo: tranquilo, tranquilo, relájate, esto no es nada, va a pasar pronto. *Yo estoy aquí, contigo, para que todo salga bien.*

Ronaldo había servido durante cuarenta y dos años en las ambulancias de la Cruz Roja. Entró con el pelo oscuro y una gran agilidad en las piernas y ahora tenía el pelo blanco y ralo y difícilmente podía ponerse de pie después de hincarse. Lo operaron de las rodillas pero nunca quedó bien. Como era médico titulado, podía haber trabajado en un sanatorio, en cualquier sanatorio —había demostrado infinidad de veces que, en casos de emergencia, era un muy buen cirujano—, pero su vocación se reducía a las ambulancias y a los primeros auxilios, a ese *secreto* en los rostros de los accidentados.

Vivía en forma por demás sencilla y austera en un viejo departamento de Tlatelolco. Su esposa había muerto nueve años antes, los hijos se habían marchado y Ronaldo se preparaba él mismo el desayuno y la comida —las raras veces que comía en su casa— y hacía la limpieza con aspiradora y trapos húmedos los fines de semana. Le despertaban la hipocondría la acumulación de polvo... y el humo de los cigarrillos, que no se perdonaba inhalar y exhalar él mismo. Pero esa batalla estaba perdida, decía, y ahora sólo intentaba quitarse el vicio de querer dejar de fumar.

No tenía televisión y casi no leía los periódicos, pero le encantaban los libros científicos tanto como los de ocultismo, o los de psicología y parapsicología. Hasta tomó un curso intensivo de tanatología y aseguraba que había visto, con sus propios ojos, cómo llegaba un fantasma a llevarse a un niño que se le murió en los brazos. Y lo juraba al decirlo. Por supuesto, no faltaba el compañero que a sus espaldas se reía de él y lo definía con un gesto que consistía en llevarse un índice a la sien y hacerlo girar como quien atornilla y desatornilla.

Veía a sus hijos muy de vez en cuando y nunca se involucraba en sus vidas. El resto del tiempo lo pasaba en una ambulancia de la Cruz Roja.

A veces, muy ocasionalmente, visitaba a los accidentados que había atendido. Recuerdo que en una ocasión —yo estaba de guardia en el hospital— lo acompañé a ver a una joven que había sido atropellada por un auto. Su padre tenía alguna alta influencia y consiguió enseguida que la pusieran en un cuarto sola, pero casi nadie la iba a ver y ella no paraba de llorar. Se lo comenté y quiso visitarla.

La pierna enyesada colgaba de un aparato con pesas y poleas. Un intento de sonrisa nació en sus labios pálidos al vernos. Ronaldo se sentó a su lado, le tomó la mano libre del suero y le preguntó por qué había intentado cruzar aquella gran avenida sin esperar la luz roja del semáforo.

Una lámpara violeta velaba en lo alto de la pared del fondo como un ojo protector. La joven apretó los labios y pidió un poco de agua, que yo le serví. No contestaba la pregunta y Ronaldo no dejaba de apretarle la mano y mirarla fijamente. Yo permanecía de pie un poco alejado de la cama, como para no estorbar. Pero me desesperaba que Ronaldo volviera a preguntarle "por qué, por qué", y ella siguiera sin contestar. Con las palabras que no se atrevía a pronunciar dentro de los labios pálidos tan apretados. De pronto los ojos se le pusieron húmedos. En la mesita de noche, la botella de agua tenía algo de burbuja, de imagen traslúcida contra la sombra azulada de la ventana.

—Vamos, dilo hija —insistía Ronaldo—.
¿Por qué cruzaste esa gran avenida sin esperar
la luz roja? Dilo. Si no lo dices, la impresión se
te quedará siempre adentro y no podrás supe-
rarla.

Entonces la joven se desató en un llanto
convulsivo, gutural, que le empapaba la cara, y
además empezó a pegar de gritos. Se desprendió
la aguja del suero y creo que hasta trató de ara-
ñar a Ronaldo. Le inyecté un calmante y llamé
a una enfermera para que volviera a colocarle el
suero.

—Parece que no quería decirlo —me comentó Ronaldo, muy compungido, al salir del
cuarto.

—No, parece que no.

Quizá por eso, prefería reducirse a la eva-
luación de las constantes vitales del accidentado, inmovilizar el eje de cabeza, cuello y
tronco como un solo bloque por si hubiera una
lesión en la columna vertebral. Aflojar botones
y cinturones y poner al accidentado sobre la camilla en posición decúbito supino con los brazos a lo largo del cuerpo. Observar el movimiento
respiratorio del tórax y del abdomen. Comprobar que la boca y la faringe estuvieran libres de
objetos que pudieran obstruir las vías aéreas
(dentaduras postizas desprendidas, chicles, fle-
mas, vómitos). Si la respiración existía, Ronaldo
giraba ligeramente esa cabeza a un lado y pasaba
a valorar el resto del cuerpo; si, por el contrario,
la respiración no se presentaba, mantenía el cuello en alto, acercaba sus labios a los del acciden-

tado mientras pinzaba su nariz con los dedos índice y pulgar y le insuflaba aire en forma moderada, especialmente si se trataba de un niño. Si al practicar esa insuflación veía subir y bajar el abdomen era síntoma de que el aire pasaba al estómago en vez de a los pulmones, por lo cual corregía la postura del cuello y se introducía aún más en la boca.

—Yo, que después de que murió mi mujer no he vuelto a besar a nadie en la boca —nos comentaba, y no faltaba el compañero que miraba hacia el techo y lo tildaba de fanático.

O si había una herida que sangrara colocaba un vendaje compresivo (gasas sujetas con vendas no muy apretadas). O inmovilizaba el foco de alguna fractura con férulas rígidas y acolchonamiento de los laterales, cubriendo heridas con apósitos estériles y cohibiendo las hemorragias. O si había una contusión, con la sangre extravasada que se acumulaba en el tejido celular subcutáneo, aplicaba frío local mediante compresas con hielo para conseguir una vasoconstricción y congelación de las terminaciones nerviosas.

Durante años, fue un alivio en la turbulencia administrativa de la Cruz Roja tener un hombre tan profesional y satisfecho con su trabajo como Ronaldo. Era médico titulado, ¿y qué? No solicitaba ascensos, no pedía aumentos de sueldo, se enorgullecía de que lo trataran como a un paramédico de urgencias.

Pero con el transcurrir de los años empezaron a abundar los paramédicos con una

simple carrera técnica en urgencias pre-hospi-
talaria de uno o dos años, que ni siquiera cobraban sueldo. Jóvenes de alta posición social con
aspiraciones altruistas. O había los que apenas
si cobraban sueldo. Entusiastas, ágiles, bien pre-
parados, solidarios unos con otros.

Con sus movimientos torpes, sus rodillas
estropeadas y el cigarrillo siempre encendido,
Ronaldo comenzó a estorbarlos.

Después de la jubilación y la comida de
despedida, nos aseguró que se iría a vivir a Morelia, cerca de uno de sus hijos, y dejamos de
saber de él, hasta que alguien le adjudicó los casos del "paramédico fantasma". Parecía obvio
que se trataba de él y que las historias que se te-
jieron alrededor de lo sucedido, eran producto
del morbo y de la fantasía más disparatada.

Resultó que en varios casos, antes de
que llegara la ambulancia, un hombre mayor,
de pelo cano y ralo, aparecía por ahí con su
vieja bata blanca y le ofrecía al accidentado los
primeros auxilios. Pero no sólo eso. Una mujer
que atendía una miscelánea dijo que ese anciano había rondado las calles cercanas desde
horas antes, como si supiera que ahí precisamente iba a ocurrir el accidente. Otra explicó
que apenas escucharon el ulular de la ambulancia que se acercaba, él se puso de pie con su
agitada bata blanca y se elevó al cielo hasta perderse entre las estrellas. Un policía aseguraba
que una medianoche un hombre tal como lo
describían, se había bajado de un pequeño auto
y le había preguntado por un cruce de calles

muy complicado, y que con esa bata blanca era como un jirón de niebla que enmarcaba unos ojos ardientes y espectrales. Varios accidentados en diferentes puntos de la ciudad, confirmaron que, en efecto, antes de que nadie se les acercara ya tenían al lado al anciano fantasmagórico atendiéndolos, sacándolos del auto chocado, dándoles respiración boca a boca, entablillándoles un brazo, vendándoles una herida, pero sobre todo, mirándolos con unos ojos muy dulces y diciéndoles que estuvieran tranquilos, *que él estaba ahí, con ellos, para que todo saliera bien.*

En la prensa amarillista se publicó incluso alguna entrevista en que un accidentado lo vio, no como un anciano, sino como un joven hermosísimo que descendió del cielo aleteando sus grandes alas.

Pero toda la neblina se esfumó, como por un repentino sol matutino, cuando una de las telefonistas de la Cruz Roja confesó a la policía que ella era quien le pasaba la información de los accidentes a Ronaldo, aun antes que a las ambulancias.

—Me lo pidió tanto. Se veía tan desolado cuando lo jubilaron, que no pude negarme, nomás no pude —se justificó antes de que el jefe de personal la despidiera de la institución con cajas destempladas, sin siquiera la liquidación a que tenía derecho.

Una tarde fui a visitar a Ronaldo a su pequeño departamento de Tlatelolco. Toqué la puerta y oí su voz carrasposa.

—Adelante, la puerta está abierta.

Me sonrió, muy relajado, en la penumbra olorosa a eucalipto. Estaba sentado en una silla del comedor, los pantalones arremangados y los pies perdidos dentro del humo de una bandeja con agua caliente, con hojas oscuras flotantes. Me invitó a sentarme en una silla cercana. Le dije que no quería beber nada, pero insistió en que fuera por una botella de whisky a la cocina y sirviera dos vasos. Parecía muy agripado pero no por eso dejaba de fumar cigarrillo tras cigarrillo.

—Tanto estudiar para finalmente regresar a los remedios que nos enseñó nuestra madre, ¿no le parece?

Alzó los pies y dejó chorrear el agua. Tomó una toalla del respaldo de la silla y se los secó lentamente, entre nuevos comentarios sobre los remedios caseros que le había enseñado su madre. Bajó los pantalones, se puso los calcetines y se calzó. Llevó la bandeja —donde las hojas verdes se agitaban en un perezoso remolino— a la cocina y al regresar encendió la luz. A pesar de la actitud relajada, se veía mucho más flaco, con los huesos de fuera.

—Se me cayó el teatrito, ¿verdad? —chasqueó la lengua—. Lo siento por la pobre telefonista a la que corrieron sin siquiera darle los tres meses que establece la ley. Le estoy mandando algún dinero con regularidad, pero me temo que no le será suficiente. Mantiene a sus padres y con este antecedente de indisciplina no le será fácil conseguir otro trabajo.

Me llamó la atención descubrir sobre un sillón de la sala su vieja bata blanca, como el disfraz de un actor de teatro que recién acabara de terminar su función. ¿Por qué la había dejado ahí, tan a la mano?

—Hoy reconozco que mis grandes vicios me han derrotado siempre: la limpieza compulsiva, el cigarrillo, el trabajo en las ambulancias... Los ojos de los accidentados... ¿Qué necesidad tenía de meterme en este lío, que además le costó el trabajo a una pobre mujer y a mí la burla de nuestros compañeros y el sarcasmo de los periodistas? ¿Vio el reportaje de *La Prensa*?: "el dizque paramédico fantasma resultó ser un viejo médico chocho, jubilado y deprimido". Qué pena. Mis hijos se morían de la vergüenza y me suplicaron que, ahora sí, me vaya a vivir a Morelia, cerca de uno de ellos. Porque, además, es cierto: esta gripa me ha durado demasiado y estoy bajando de peso en forma preocupante.

Antes de despedirnos me hizo una última confesión:

—Lo cierto es que fue de lo más divertido atender a los accidentados antes de que llegara la ambulancia —y una chispita de picardía brilló en sus ojos—. Ya vio usted todos los chismes que logré levantar.

Yo también sonreí al salir. Y aún seguí sonriendo cuando apenas unos días después volvieron a mencionarse, aún con más frecuencia y con más disparatadas fantasías alrededor, los casos de un anciano fantasmagórico, de pelo cano y ralo, con una vieja bata blanca, que atendía a los accidentados antes de que llegaran las ambulancias de la Cruz Roja.

El perdón

Unas horas antes de morir pidió a su esposa que reuniera a la familia y a los amigos más cercanos.

Nos recorrió con una mirada encendida, que nunca le imaginé. Sus manos pálidas estrujaban el embozo de la sábana.

—Mis hijos… mi mujer… mis hermanos… mis nietos… mis amigos… Todos ustedes…

Su labio inferior se proyectaba hacia delante, tembloroso.

—Los perdono a todos… Los perdono a todos y les perdono todo…

La última imagen

Para M. K.

—Me tienes harto, ésa es la razón.

—Harto, ¿eh? —respondió ella, empujando el plato recién servido hacia el centro de la mesa, poniéndose de pie y creciendo más de lo que él calculaba que podía crecer ella al ponerse de pie, después de tantos años de conocerla.

—¿Te duele oírlo?

Lo dijo sin mirarla, acodado en la mesa. Llegó demasiado lejos y ahora era difícil echar marcha atrás porque ella había tomado muy en serio lo de "me tienes harto". No que no lo tuviera harto, lo tenía harto, pero tampoco había querido decirlo como lo dijo. Y mucho menos quería irse del lado de ella, por Dios: no quería irse del lado de ella aunque lo tuviera harto. Dejó los ojos dentro de la copa de vino mientras escuchaba el inicio del llanto, el latigazo de la servilleta sobre la mesa, la voz ahogada por un sollozo:

—Vete al diablo.

También escuchó el portazo y la imaginó llorando aún más, mirarse el llanto en el espejo del baño, recogiéndolo con delectación porque nada la victimizaba tanto como enjugarse las lágrimas frente al espejo y comprobar la hinchazón de los ojos, de la cara que le hubiera gustado hacer añicos con un puñetazo, con un parpadeo.

Él se sirvió más vino y encendió un cigarrillo que se volvió ceniza en la mano. Miró el reloj de pulsera y calculó que ella ya estaría dormida. Era la ventaja de cuando lloraba: se dormía enseguida, se enrollaba como un caracolito y continuaba con los sollozos hasta que se le iban dentro del sueño, con una tristeza casi infantil andándole por la cara, afilándole las facciones.

Iba a servirse un poco más de vino, cuando le dio un dolor en el pecho, punzante, que crecía hasta el rojo y el fuego. Se llevó las manos al sitio del dolor y apenas sintió el golpe de su frente en el borde de la mesa.

—¡Laura! —gritó, sacrificando el poco aire que le quedaba dentro, a la vez que emitía un gemido apagado y los ojos se le llenaban de lágrimas. A tientas alcanzó el cenicero de ónix y lo tiró al suelo de un manotazo. Pero no hizo demasiado ruido y había que provocar un gran ruido. Lo intentó con la copa de vino. Sólo que él mismo cayó al suelo al estrellarla sobre la mesa, Dios mío.

El dolor se agudizó, acompañado del miedo más intenso que hubiera experimentado. Esa presencia que siempre lo rondó, que supo todo el tiempo a su lado, estaba ahí, por fin, contundente e impostergable. ¿Por fin? A pesar de tener las manos en el pecho, ovillado, le parecía dar brazadas inútiles en el agua. E intentaba sacar la cabeza de esa misma agua densa, fragorosa, como aquella ocasión en que, de niño, estuvo a punto de ahogarse en un río. Igual que entonces, mientras con mayor desesperación lo buscaba, más le faltaba el aire y las bocanadas angustiosas le metían la asfixia dentro, cada vez más dentro.

—¡Laura!

Ella no iba a despertar, lo sabía. Así como en aquel río supo que una mano milagrosa lo salvaría. Los milagros uno los presiente, quizá los llama al presentirlos. Y en aquel momento el presentimiento era que no había milagro posible, los milagros se le habían concedido día con día a lo largo de sus cincuenta y dos años de vida y de pronto se terminaron, tenían que terminar en alguna ocasión y era ésa, ahí y entonces. Un milagro, Dios mío, uno más y no pediré otro. Uno más que dure hasta mañana, hasta resignarme un poco más, hasta pedirle perdón a ella. Pero al abrir los ojos (¿en qué momento los había cerrado?) comprobó que sólo había manchas luminosas, parpadeantes, que lo lanzaban fuera de sí a través de un vertiginoso túnel. ¿A dónde? Un último milagro. ¿Para qué? Aún apretó las manos contra el pecho y entre dientes volvió a llamar a su mujer. Ella. Pero la voz también terminó por alejarse y sólo quedó el creciente zumbido de abejas, la presión punzante que ya le atravesaba hasta la espalda, la ola amarga que le subía del estómago y lo obligó a vomitar.

De pronto, después de una última bocanada inútil, algo cedió y se rompió en su interior, desgarrándose, abriéndose de cuajo, llevándose la opresión y la angustia. El aguijón salió de su pecho y le pareció verlo flotar un instante y luego integrarse a los puntos luminosos que lo rodeaban, como un alfiler de luz. También las abejas se marcharon y no escuchó más el bullir de su sangre en las sienes. Se vio (se supo) tendido boca abajo, dentro del pequeño charco de su propio vómito, con la mueca ridícula que le dejó un aire que inútilmente trató de jalar, y las aletas de la nariz dilatadas y profundas. Se sabía ahí, pero a la vez se sabía desprendiéndose de ahí, más allá (o más acá) de las puras sensaciones físicas. En todo caso ya no estaba sólo ahí, tendido en la alfombra, y se prolongaba (pero quién) a otro sitio sin asidero, a un espacio tan lejano y translúcido (pero ahí mismo, aún ahí mismo) en el que reinaba un total silencio y todo era blando, muy blando, era tan clara la sensación (¿la sensación?) de blandura. O, mejor, esa blandura de algodones, casi niebla era, precisamente, la ausencia de toda sensación (estoy muerto, Dios mío, ahora estoy muerto y lo sé), de ascender por el túnel rutilante de constelaciones fugaces: las luces que introyectó en el instante de la agonía y se quedaron ahí, se cristalizaron de golpe y avanzaron con él, alrededor de él, el silencio y la conciencia de avanzar y elevarse, de verse tendido en la alfombra, pero ya no tendido sino por encima de la alfombra y de la pieza, lanzado a un tiempo que giraba en sentido contrario, como las aspas de un ventilador al que se le cambiara bruscamente la dirección.

Pero a dónde, Dios mío, a adónde me llevas. Un último milagro. ¿Éste?

El girar de las aspas (el túnel, los cristales que eran una galería de imágenes y recuerdos olvidados como un carrusel de fotografías, otra vez el girar, eterna, obsesivamente) se detuvo. Algo como una voluntad de eso que avanzaba (giraba) se fijó dolorosamente en el cuerpo tendido en la alfombra, en la mueca ridícula de la boca que no logró jalar más aire, en las manos crispadas, en el último recuerdo (recuerdo pero tan objeto, tan concreto, luminoso, como todo lo demás), de ella volviéndole el rostro despectivo, furiosa, diciéndole vete al diablo. Ella no fue cuando la llamó él, cuando le faltó el aire y sólo pudo gritar su nombre con un último hilito de aire para que despertara y corriera a su lado a no dejarlo morir; no fue la mano milagrosa que lo sacara de aquel río fragoroso. Y ahora esa voluntad autónoma que era él más allá de sí mismo, se decía (sabía) que se condenaba a permanecer en el infierno de la última imagen, a menos que. Cómo continuar si. Él, eso, luchaba por explicarse, por decirse (saber) que no era así, que eso no hubiera tenido que ser (que decirse) así. Entre los cristales había también un camino hacia ella (había un camino hacia todos lados, todos los caminos eran suyos), hacia su sueño, el lugar en donde anidaban los sueños de ella, un poco más allá o más acá de ella misma, de su cuerpo como caracolito enrollado en su concha, tan victimizada y los ojos hinchados por una frase estúpida (ex-

plicarse, decirse, saber que no era así, que eso
no hubiera tenido que ser, decirse así) que podía aclararse, decirle lo dije pero te amo, no
tiene remedio, te amo, metiéndose dentro del
sueño de ella (que ya en su situación era fácil de
ubicar porque se trataba de un espacio por encima de ella y que parecía más bien un aura que
la rodeaba), y en donde ella, dentro de su sueño,
siempre dentro de su sueño, le diría que todo
estaba bien, amor, que la verdadera despedida
era ésta, dentro de su sueño, con esa suave sonrisa de cuando ella se despedía, una despedida
como tantas (¿te acuerdas?), se daban la mano
y él tenía la sensación (aún tenía la sensación)
de marchar con la mano de ella, de llevarse la
mano de ella entre las suyas, a pesar de que se
alejaba cada vez más.

El mensajero

Para José Gordon

Me espanté, eso fue lo que sucedió. Porque no es fácil hacerse a la idea de que nuestro mejor amigo muriera siendo apenas un adolescente y, después, ya muerto, nos visite en sueños noche tras noche, hasta ponernos al borde de la locura. Esa locura que nace de extrapolar un sueño, un solo sueño, del que podríamos no despertar ya nunca. Un sueño que ha invadido o desplazado la vigilia, como lo hacen en otras circunstancias la fe, la esperanza o el amor.

—La locura es como un sueño que se fija —me explicaba un doctor años después—. Digamos que en las perturbaciones mentales el sujeto se ha instalado en una persistente ensoñación en plena vigilia, mientras que la persona normal es capaz de retornar plenamente a ella cuando abre los ojos y se libera de sus dramas nocturnos.

Compartí con Fito la primaria y los dos primeros años de secundaria en el Instituto Regional, en Chihuahua. Una mañana llegamos a la escuela tímidos y encogidos los dos, como pollitos. Creo que fue la timidez y lo encogidos que éramos lo que nos identificó desde un principio y nos hizo tan amigos. Fito tenía unos ojos hundidos, como atornillados en lo más hondo de las cuencas, que miraban frío y de lejos, y era tan flaquito el pobre que la parte de adelante de su camisa parecía que se tocaba con la de atrás. Le decían Huesitos, Esqueletito, pero el apodo que de veras lo molestaba era Tarzán. Él suplicaba: no me digan Tarzán, pero más se lo decían. Tarzán para acá y Tarzán para allá.

Por ese motivo, en una ocasión Fito se lanzó como tromba contra Toledo, uno de los compañeros más fuertes y altos de nuestra clase, con copete de montaña y una ceja siempre levantada a lo Elvis Presley. Enseguida se hizo la bolita de curiosos, como siempre que había una pelea, y no faltó el que gritó: "¡Déjenlos solos!", aunque resultara a todas luces disparejo y absurdo el encuentro. "¡Vengan a ver, córranle, el Esqueletito sacó las uñas!", gritaban los compañeros, entre carcajadas. "¡A Tarzán le está saliendo el hombre mono que lleva dentro! ¡Dale duro, Huesitos, no te dejes!".

En realidad la pelea duró un segundo y terminó con un ojo de Fito entrecerrado dentro de una redondela violácea. El párpado, caído, parecía medio chamuscado. Tenía en la camisa manchas de sangre y el pelo apelmazado por el sudor y el polvo.

—¿Quieres más, Tarzán, eh? —le preguntó Toledo con su petulante ceja levantada y todavía los puños en alto, retadores. Ni siquiera se había despeinado y sólo resoplaba, con las aletas de la nariz muy dilatadas.

Al oírlo, y azuzado por las carcajadas, yo también me lancé contra Toledo. Corrí la misma suerte, o peor, porque a mí no sólo me cerró un ojo sino que me aflojó un diente.

Como dentro de una nube, recuerdo que uno de los profesores nos separó a jalones y nos llevó a los tres a la oficina del Rector, el padre Rojas, quien tenía fama de intransigente con los "buscapleitos". Nos suspendieron una semana y mi mamá puso el grito en el cielo y durante todos esos días no me dejó salir ni a la esquina. Pero lo importante fue el nexo, ya indisoluble, que creé con Fito. Esa especie de mimetismo del juego amistoso en que aun las oposiciones más abiertas giran dentro de algo común que las enlaza y las sitúa. Nos empezamos a contar nuestros más íntimos secretos, el inicio de las fantasías sexuales y la culpígena masturbación, el primer cigarrillo, la primera copa, los libros que marcaron nuestro supuesto despertar espiritual, las dudas religiosas, los sueños.

Ah, los sueños. Me contó uno que hoy me parece consustancial con lo que nos sucedió después:

—Sueño que vuelo. Recojo las piernas y apenas con un leve movimiento de la cintura me pongo a volar a un metro o a metro y medio del suelo. Vuelo por las calles de mi colonia, subiendo a veces un poco más, por encima de las copas de los árboles, o de plano a ras del suelo, con la sensación de estar despierto. Es lo que más me gusta: sueño que vuelo despierto. ¿Te imaginas ver el mundo desde lo alto y con la clara sensación de tener los ojos abiertos? Y por eso cuando me despierto es de veras como caer de sopetón al suelo.

Era tan flaco que, pensé, de veras un día se iba a volver de puro aire.

También, Fito hacía cosas tan raras como tirarse de panza (él, que casi la tenía pegada a la espalda) en pleno verano en el jardín de su casa, dizque para sentir los latidos de la tierra, que en Chihuahua en esa época es aún más seca y dura.

—Así, sin camisa, siento la tierra debajo de mí, caliente, con su olor a verano, tan distinto de otras veces. Pienso en muchas cosas, pero sobre todo en cómo palpita la tierra, removiéndose siempre por todos lados aunque sólo durante los terremotos lo notemos. Como las venas en mis piernas, que apenas se distinguen en la piel, pero también están llenas de latidos misteriosos. A veces he sentido tanta emoción de estar así que me pongo a rezar, como si las palabras de la oración se pudieran ir adentro de la tierra.

Y ese pálpito que sentía en sus piernas, tan ligado al de la tierra, se apagó un día de repente. Entonces nos enteramos de que no sólo su cuerpo era frágil, sino también su corazón.

Lo velamos en una funeraria de Chihuahua. ¿Cómo olvidar aquella larga vigilia de toda la noche en penumbra, apenas alterada por unas lamparitas cuyas pantallas apergaminadas, más que darle curso, ponían trabas a la difusión de la luz, junto a un amigo tan querido que aún estaba ahí, en la caja, y a la vez ya no estaba en el mundo? El olor espeso de las flores mortuo-rias y el de la cera que se derretía chisporro-teante. El vasto silencio de la madrugada, roto por el suspiro ahogado de alguien que se duerme, despierta y recuerda que Fito se nos murió.

Nuestros compañeros de clase desfilaron, uno por uno, frente a la caja, algunos incluso hicieron guardias durante un buen rato, con-turbados y envueltos en el aire sombrío de la culpa por lo mal que se portaron con Fito. To-ledo se mostraba especialmente acongojado.

La madre tenía un ataque de llanto cada vez que se asomaba a la ventanita de la caja. El padre trataba de impedírselo, pero ella insistía, y volvía a llorar a mares, entre pucheros que pa-recían a punto de ahogarla. Gritaba:

—¡Pobrecito! ¡Cómo se nos fue, cómo se nos fue! ¿Qué mal hizo para que Dios se lo lle-vara tan pronto? Tan chiquito, tan buen hijo, tan dulce, tan estudioso. ¡Pobrecito!

En una de esas ocasiones, me acerqué a tratar de consolar a la madre. No lo hubiera he-cho. Se me abrazó con una fuerza innecesaria y lloró aún más fuerte. Logró contagiarme y yo también me puse a hacer pucheros. No quería mirar por la ventanita de la caja, pero ella me obligó:

—¡Míralo, míralo, es tu amigo al que tanto quisiste!

Mis ojos no pudieron hurtarse a la con-templación de aquel rostro tan querido, aún más pálido y delgado de lo que fue en vida, tan

afilado que parecía la caricatura de sí mismo.
Mil recuerdos gratos y dolorosos empezaron a
girar en mi memoria, dando tumbos, atropellándose y combatiéndose los unos a los otros.
Y cuando mi conciencia trastabilló con una angustia insoportable, sentí que una mezcla de
grito y sollozo ascendía desde mi corazón a la
garganta. Pero sofoqué el grito enseguida, mor-
diéndome los labios, seguro de que si yo también gritaba no haría sino complicar más las
cosas para la madre, a quien me limité a atraer
hacia mí, alejándola poco a poco de la caja, del
montón de recuerdos insoportables.

Pero quedé seriamente afectado por la
muerte de mi amigo y empecé a soñar con él.
Soñaba que se moría frente a mí una y otra vez.
No de golpe, de un ataque al corazón, como se
murió realmente, sino de una extraña enfermedad que lo consumía poco a poco. En efecto, se
volvía casi de puro aire. Su cara terrosa y sin sol,
sin sangre, el agua celeste de los ojos, los labios
despellejados por la fiebre, la voz, la súplica reducida al mínimo murmullo. ¿Súplica de qué?
¿Qué intentaba decirme?

A veces, peor, no sólo soñaba con él, sino
que lo sabía a mi lado. Me escondía el libro que
necesitaba en ese momento para mis estudios,
me derramaba las hojas de un fólder, hacía rodar un lápiz a donde no podía alcanzarlo, movía los sillones para estorbarme el paso, me
atrapaba los bolsillos en las agarraderas de los
muebles con el claro propósito de desgarrarlos,
hacía que las portezuelas de los autos me pren-

saran los dedos, me abría de golpe los botones de la camisa al yo exponer una clase ante mis compañeros, desfondaba la cafetera en el momento de servirme el café, ponía una mecedora a balancearse sola durante horas...

Los primeros meses más o menos soporté que Fito anduviera tras de mí a todas horas, día y noche, despierto o dormido, pero pronto empecé a desesperarme. Se me alteraron los nervios, me llevaron con diferentes médicos y psicólogos y me recetaron pastillas para dormir. Aun así, me despertaba a lo largo de la noche con un gemido ronco, una sacudida convulsa de las piernas y las manos, un rechazo de todo el cuerpo a algo horrible que arrastraba desde el fondo del sueño, como un enorme trozo de materia pegajosa e insoportable.

—Tranquilo, tranquilo, ya va a pasar —me decía mi mamá, quien estuvo a mi lado todas aquellas noches angustiosas. Me arropaba, me destapaba, me cambiaba las piyamas porque las dejaba hechas una sopa, me daba otra pastilla, me subía un vaso de leche tibia, me hundía sus dedos suaves en el pelo, lloraba con un llanto ahogado, yo la oía.

Yo trataba de volverme a dormir, ovillado, tembloroso, apretando los puños. Me cubría la cara con la almohada y repetía interiormente: "Ya déjame en paz, Fito. ¿Qué te hice para que me atormentes así? Suéltame, no te agarres a mí, vete a donde tienes que irte. No puedes vivir pegado a mí. Me estás ahogando, me estás consumiendo, me estás llevando a tu lado. ¿Para qué?".

Pero era por demás, regresaba en el siguiente sueño, lo tenía junto en el día al hacer saltar de mi mano el lápiz con el que iba a escribir.

Un sacerdote amigo de la familia propuso hacerme un exorcismo, pero mi padre se negó rotundamente y prefirió internarme durante una temporada en un hospital psiquiátrico que en aquella época, en Chihuahua, era de lo más primitivo. Mi madre me iba a visitar todas las tardes. Me dieron electroshocks, me mantenían sonámbulo todo el día a base de pastillas e inyecciones. Lo que no pudieron evitar es que Fito regresara por las noches, en sueños.

Hoy creo entender que me acerqué a la locura sin estar loco, o realmente loco. Fui el mirón al borde del acuario donde el pulpo hace y deshace soñoliento sus burbujas de pesadilla. Vi aflorar a mi lado algunos raros testimonios de esa otra realidad, tan contigua y lejana a la vez. Apenas una ráfaga lejana, la puerta que se entorna para dejar pasar un hilo de luz turbia, una mirada perdida o un dedo que no deja de temblar. Entendí que lo que pierde a ciertos locos es la forma insoportable que para la sociedad asume su conducta exterior: los tics, las manías, la degradación física, la perturbación oral o motora, facilitan la colocación de la etiqueta y la separación profiláctica. Tú allá, en la luna para soñar, nosotros aquí en la tierra para dominarla y explotarla.

Y de ahí de la luna fue de donde literalmente vi bajar a Fito una noche en que me desperté de golpe y vi su rostro agónico —su cara terrosa y sin sol, sin sangre, el agua celeste de los ojos, los labios despellejados por la fiebre, la voz, la súplica reducida al mínimo murmullo, ¿súplica de qué?—, a través del vidrio de la ventana. Quizá porque desperté tan de golpe, en lugar de asustarme me puse de pie de un brinco y fui a abrir la ventana. Entonces tuve a Fito frente a mí, levitando, sonriente, con unos nuevos ojos luminosos, y me dijo: mira, ahora de veras puedo volar sin necesidad de soñarlo y caer de sopetón en la realidad al abrir los ojos.

Me sentí tan atraído por él que tuve un deseo casi incontrolable de lanzarme por la ventana y volar yo también. Pero algo me detuvo, quizás el hecho de que, en verdad, yo nunca estuve totalmente loco. Aunque muchos —entre ellos mi propio padre— lo siguen creyendo y a quienes les cuento lo sucedido aquella noche sonríen por lo bajo o, los he visto, al referirse a mí se llevan un índice a la sien y lo hacen girar, como quien atornilla y desatornilla. Pero es cierto. Fito me dijo: uff, qué lata contigo porque tu miedo lo ha deformado todo. Desde ponerme una cara que aquí ya no tengo hasta aterrarte por el simple hecho de saberme a tu lado. Yo sólo quería ayudarte a ver mejor las cosas de este otro lado para que vieras mejor las de aquel otro lado.

Se esfumó y no regresó. Yo ahora estoy más tranquilo, es cierto, pero paso por largos periodos de melancolía en que no puedo ni levantarme de la cama por tratar de dormir y dormir, con la esperanza de volver a soñar con Fito para que termine de darme el mensaje que me permita entender mejor las cosas de este otro lado.

La ciudad prohibida

Para Mauricio Molina

Nunca (por lo menos que yo recuerde) he salido de mi colonia. Apenas unos pasos más allá de la vía del tren y en medio de gran angustia. Los sábados mamá va a la ciudad a hacer la compra de la semana y aunque conoce mi respuesta siempre me invita. Como soltando un anzuelo, saca a colación algún almacén enorme con escaleras eléctricas por todas partes y unos aparadores de sueño.

Pero yo niego con la cabeza, sin mirarla, y ella se resigna, finge una sonrisa y termina: bueno, quizá la próxima vez, y se marcha con una pañoleta negra anudada en la cabeza, cargando una bolsa de plástico. Así es siempre y no puedo acostumbrarme. Las palabras de mamá (quizá la próxima vez) remueven algo dentro de mí. Quizá..., me digo, pero enseguida aflora la desolación: no, para qué, después de tantos años sería inútil empezar a conocer las cosas, tomarles gusto.

También me deprimo cuando llega gente de la ciudad a visitarnos y me cuenta, entre efusivos aspavientos (es un complot, lo sé: mamá les pide que me convenzan), de un circo con tres pistas y de un cine con una pantalla que lo envuelve a uno. Yo (no puedo evitarlo), paso la lengua por los labios, paladeando la idea de asistir. Cierro los ojos y ya estoy ahí, en el circo, por ejemplo: la carpa como un castillo de colores, y hasta oigo la música, esa música tan característica de los circos. A veces lloro y me golpeo los puños hasta hacerme daño de pensar cómo serán las cosas en la realidad. Trato de reconstruirlas lo más exactamente posible, con detalles (siempre estoy preguntando detalles); armándolas en mi cabeza como si las levantara ladrillo tras ladrillo. Pero es doloroso. Queda la convicción de que algo falta, de que se escapa lo más importante.

Tengo una Guía Roji y la recorro con la punta del dedo, como si de veras fuera por ahí, a pie o en auto. Mamá me compró una colección de tarjetas postales de la ciudad y las colgué con tachuelas junto a la ventana de mi recámara. Todas las mañanas, al abrir los ojos, es lo primero que veo.

El día que inauguraron la montaña rusa, hace años, no pude comer. Por culpa de mamá —siempre se las ingenia para sembrarme la tentación— vi la noticia en el periódico. Fui corriendo a la cocina a comentárselo, casi llorando y, claro, terminé por preocuparla. Me senté a la mesa con el estómago revuelto y no pude tragar bocado. Aquella noche soñé que iba en uno de los carritos a una velocidad vertiginosa, subiendo y bajando, como si una ola me llevara en su cresta a través de un mar oscuro. Pero antes, por la tarde, me subió la temperatura y luego me bajó repentina, peligrosamente, produciéndome un escalofrío que quemaba aún más que la fiebre y me obligaba a castañetear los dientes. Mamá se desesperó.

—¿Algo te impide asistir? —preguntó desde la ventana, mientras blandía el termómetro. Yo no podía evitar un llanto convulsivo. Estaba en la cama, cubierto por gruesas cobijas y con una colcha eléctrica encima. Mamá tiene razón, ya no estoy para que me pasen estas cosas.

Mi mayor diversión son los títeres: vienen todos los domingos. Voy al parque desde temprano para encontrar buen lugar. Los maneja un hombre gordo, con las mejillas y la nariz del color de un betabel. Después de la función siempre platicamos un rato. Le encanta mi curiosidad. Se queja de que actualmente a nadie le interesan los títeres. El pobre apenas saca para vivir dando funciones por los parques de la ciudad. Me ha enseñado a manejarlos: en una ocasión hasta me permitió cubrir parte del programa. Al final, la gente soltó una lluvia de aplausos y tuve que salir a agradecerlos con una respetuosa caravana. El titiritero me ha propuesto que montemos un teatro de muñecos y no sería mala idea. En la colonia hacen falta lugares de diversión. Además de los títeres, me gusta el cine (voy los jueves, el día que cambian el programa en el único cine de la colonia), coleccionar álbumes de estampas y leer libros de viajes.

Quiero salir de aquí, de esta mugre colonia a la orilla de la ciudad, conocer otros sitios, pienso a veces, cada vez con más frecuencia y siento una fuerza, un sabor como a menta que me sube hasta los labios. Pero, ¿para qué? Siempre gana la desolación, la alta sombra que proyecta el mismo deseo de salir, y todo se derrumba como un castillo de naipes; algo que estuvo construido en el aire, sin plena convicción. Por lo demás, a pesar de los fracasos, yo sé que tarde o temprano voy a lograrlo. Así se lo dije hace poco a mamá: es sólo cuestión de tiempo, de que la decisión gane terreno. Verás que un día me voy aunque sea para no regresar.

He de advertir que esto lo escribo al día siguiente de un agudo fracaso. El anterior a éste sucedió hará quince días. Salí corriendo de casa con las manos en alto y pegando de gritos, para sorpresa de los vecinos. Fui a la vía del tren, me dejé caer sobre ella y arañé la tierra hasta sangrarme las manos. Nunca había llorado tanto. Estuve a punto de decidirme, pero no tenía caso. Echarlo todo a rodar —¿qué?— por un pasajero ataque de histeria, decía esa voz que me detiene, me ata a esta colonia donde nací. Regresé cabizbajo, secándome las lágrimas con el puño de la camisa y decidido a no pensar más en el asunto. Mamá estaba furiosa: las vecinas se habían enterado. Le pedí una disculpa y me metí en mi cuarto. Las sienes me palpitaban y seguro tenía fiebre de nuevo. Me acosté y mamá me llevó un vaso de leche y un bizcocho. Yo estaba sentado en la cama, recargado en el cojín y sintiendo que las sienes me iban a estallar; la fiebre me hacía ver las cosas envueltas en una mermelada de durazno, temblorosas. Pensé que era como arder en una hoguera; los que eran quemados vivos no debían haber sentido muy diferente. Claro, sabía que al día siguiente estaría recuperado; habría pasado el mal sueño y volvería a mi vida normal. Sin embargo, algo quedaba siempre de esas crisis nerviosas: el miedo a que se repitieran y el deseo enorme de aprovechar alguna para decidirme. Quizá por eso quedó como sembrada una semilla y todos estos días estuve dándole vueltas a la misma idea: bueno, ¿y por qué no? ¿Y si decido ir? La fui alimentando hasta que maduró: punto, voy a ir. Antier se lo anuncié a mamá y no pudimos evitar una lágrima dulce.

Me desperté a las siete de la mañana y empecé a prepararme: doscientos pesos en el bolsillo, la Guía Roji (aunque de seguro no tendría que utilizarla: puedo enumerar en orden, sin equivocarme una sola vez, todas las calles del centro y de las principales colonias, además de casi todas las estaciones del Metro), teléfonos de parientes para el caso de perderme y una bolsita con dos tortas de jamón y una manzana. Mamá estaba feliz: quiso que estrenara el traje oscuro que me regaló cuando cumplí los treinta años, y ella misma me anudó una enorme y ridícula corbata que perteneció a papá. ¿De veras no quieres que te acompañe? No, mamá, quiero ir solo. Cada diez minutos salíamos a la azotehuela para ver cómo andaba el tiempo (un aguacero lo habría echado todo a perder). Pero el cielo destellaba y el sol crecía incólume. Sólo a lo lejos cabalgaban un par de nubes transparentes, inofensivas.

Nunca imaginé que la decisión me sentara tan bien. La angustia no aparecía por ninguna parte y me dediqué a desprender todas las tarjetas postales de mi recámara. Las tiré a la basura: ya no las necesitaba. A las once partí. Se corrió la voz y las vecinas estaban asomadas a la ventana de sus casas, murmurando y mostrando unos ojos fosforescentes a través de los cristales. Mamá salió al balcón para despedirme, agitando una mano nerviosa.

¿Qué sucedió después? ¿Cómo explicarlo? Conforme me acercaba a la vía del tren, la decisión fue perdiendo fuerza, gastándose; sentí cómo se alejaba de mi cuerpo, escurriéndose como arena entre los dedos y cuando llegué estaba nuevamente vacío, con ganas tan sólo de regresar a casa y olvidar decisión, ciudad, todo. Me dediqué a caminar por los límites de la colonia (los conozco perfectamente) como por la orilla de un río prohibido.

Regresé al anochecer. Sintomáticamente se había ido la luz y sólo estaban encendidos los faroles del parque. Las ventanas se veían iluminadas por la luz amarilla de las velas, envolviendo las cosas en una atmósfera como de sueño. Mamá estaba en el comedor, esperándome, con una vela en la mesa y otra en el trinchador, frente a un espejo para que la luz rebotara e iluminara más. Sonrió. Con una mano extendida hacia mí, preguntó:

—¿Qué tal, eh?

—No fui.

—¿No fuiste? —la mano regresó a su regazo.

—No. Sólo anduve dando vueltas alrededor de la colonia... No pude, mamá, de veras. No pude.

—¿Estás loco? —preguntó con un grito, enfurecida—. ¿Es que piensas pasarte aquí encerrado el resto de tus días? —yo no contesté, me senté en una silla, a su lado, y permanecí con la cabeza hundida entre las manos. Mamá aventó una servilleta al suelo y me agitó una mano frente a la cara—. ¿No tienes ambiciones, a tu edad?

La perorata fue subiendo de intensidad. Ni idea tengo cuánto duró; diez minutos o dos horas, quién sabe. Al final gritó que estaba harta, iba a llevarme a un médico aunque no quisiera. Punto. Qué había hecho para merecer un hijo así. Ella tenía la culpa por consentirme tanto, por nunca obligarme a trabajar, por permitirme vivir del dinero que nos dejaron mis abuelos. Lloró. Habló con una voz gutural, atragantándose de palabras, hasta que se le cansó la lengua. Terminó sofocada y se desabrochó el primer botón de la blusa. Yo me puse a mirar por la ventana hacia el parque —el viento levantaba el polvo en remolinos que la luz neón de los faroles convertía en fantasmas— y también empecé a hablar y hablar. ¿Por qué? Como si sólo estuviera esperando a que mamá terminara para soltarme yo. ¿De dónde me salían tantas palabras, qué tanto le dije, o me dije, porque por momentos me olvidaba de ella, hablando más para mí mismo? Entre lo que recuerdo, le dije que ella lo había visto: yo quería ir a la ciudad, estaba decidido pero algo me detenía en el último momento, como si perdiera fuerza en las piernas, no sé, algo extrañísimo, como si pisar el suelo de la ciudad significara hundirme, aunque yo sabía que no, al contrario: era liberarme, pisar tierra firme, empezar a caminar, pero por qué no podía. Me acuerdo de haber golpeado la mesa y soltarme llorando. Por qué, mamita, a qué le tengo miedo, qué me ata a esta colonia tan sombría. Ya no quería vivir así, quería salir, salir a como diera lugar, por supuesto que quería salir, nada anhelaba tanto en el mundo, aunque no me creyera, aunque fracasara todos los días quería salir y viajar, viajar por todas partes, darle la vuelta al mundo, conocerlo todo, ¿te imaginas el gusto con el que voy a descubrir cada detalle de fuera después de estar tanto tiempo encerrado? Y volviéndome a verla —creo que sólo un par de veces me dirigí a ella directamente— le dije: voy a ir, te lo juro; tarde o temprano voy a salir de aquí, quizá mañana o pasado o dentro de un mes o un año, o muchos años; estoy seguro de que voy a lograrlo. Quizá cuando llegue alguien, alguien a quien espero todos los días, y me diga: acompáñame a la ciudad, y yo lo acompañe sin más. Sin pensarlo. Estoy seguro de que va a llegar alguien así. Y aunque no llegara. De todas maneras yo iría. No me cabe la menor duda. Apreté un puño, como guardando ahí la fuerza para utilizarla en el momento preciso. Quizá mañana mismo. ¿Por qué no? Mamá se limitó a bajar la mirada. Algo más dije, no me acuerdo, pero de

lo que sí me acuerdo es que después permane-
cimos en silencio, con la luz de las velas bailo-
teando a nuestro alrededor, mamá acodada en
la mesa, apoyando la barbilla en las manos, mirando por la ventana hacia el parque en donde
el viento levantaba el polvo en remolinos que la
luz neón de los faroles convertía en fantasmas.

El frasco de mermelada

Para Maty

Una fría madrugada de diciembre llegó a Agüichapan un hombre montado en una mula. Lo vieron llegar como un aparecido, dicen, en la luz reverberante del amanecer, precedido únicamente por su propia sombra. Debía de haber realizado un largo viaje porque el paso de la mula era de una lentitud desesperante, como si en realidad no avanzara. Los curiosos que se le acercaron apenas entró al pueblo, dicen que el polvo y la barba muy oscura y crespa le ensombrecían el rostro, y su ropa estaba muy sucia, hecha jirones, lo mismo el sombrero de palma, por el que asomaban mechones de pelo lacio y sudoroso.

Amarró la mula a un fresno y él se fue a caminar por el pueblo. En varias ventanas debió presentir los ojos que lo espiaban, asomándose por un resquicio de las cortinas, casi avergonzados. Unos ojos fosforescentes en la luz ceniza del amanecer, como todos los ojos que se asoman a esas horas.

Pero fue al mediodía cuando todos lo vieron y hasta se acercaron al café de la plaza para verlo bien y hablarle y preguntarle. Invitó cervezas al que quisiera beber con él y, claro, fue un montón de gente la que quiso beber con él. Luego no sólo invitó cerveza sino bebidas más fuertes y hasta la comida que quisieran y que ahí pudieran preparar. Su mesa y las más cercanas se copetearon con las bebidas y los platillos que en la cocina apenas si se daban abasto para cocinar. En tiempos de tanta carestía un detalle así conquista a cualquiera.

Al atardecer pagó con billetes nuevecitos que sacó de las alforjas de la mula y dijo que tenía que marcharse, no podía esperar más. También de las alforjas sacó el frasco de mermelada y mencionó un nombre, con el encargo de entregárselo en propia mano. Montó en la mula y se fue por el mismo rumbo por el que había llegado, como si el sol que lo trajo también se lo llevara.

El nombre que dijo era el de un niño de unos siete años que vivía en las afueras del pueblo. El padre no entendía lo del frasco de mermelada, pero fue bien recibido porque llevaban meses de no probarla (el fuerte del pueblo era cultivar maíz, pero ese año, y también los anteriores, la cosecha había sido muy muy pobre). Fue la madre quien contó que el niño rezaba así por las noches:

Padre nuestro que estás en los cielos, santificado sea tu nombre, venga a nos tu reino. Hágase Señor tu voluntad así en la tierra como en el cielo. El pan nuestro de cada día, dánoslo hoy con mermelada, y perdona nuestras deudas así como nosotros perdonamos a nuestros deudores. No nos dejes caer en tentación y líbranos de todo mal. Amén.

El club de los amigos de Tolstoi

Para Ari

> Buscó su antiguo terror a la muerte
> sin hallarlo. ¿Dónde estaba? ¿Qué era
> la muerte? No sentía terror alguno
> porque, ahora lo sabía, la muerte no
> existía.
> LEON TOLSTOI, *La muerte*
> *de Iván Ilich*

Las fotos que se conservan de él —y su hija Gertrudis se jacta de haberlas rescatado casi todas— muestran a un hombre moreno, jubiloso, con un bigote engominado de altas puntas y profusas patillas enchinadas. En su boda, muy derecho, con la iridiscente lágrima de una gran perla en la corbata de seda y al lado de una mujer menuda y apagada. En su oficina, atrás del vasto escritorio de caoba, siempre con la sonrisa llenándole la cara y un puro entre los dedos. En reuniones familiares o en el Jockey Club o en alguna celebración oficial, prototipo del *gentleman* a pesar de sus ideas liberales —dice Gertrudis—, míralo nomás, qué dominio de la fotografía, aun en las que aparece en un ángulo o un poco escondido, qué distinción, qué elegancia la de mi padre: vestir bien le era tan consustancial a su concepto de la vida como la buena lectura o los buenos vinos. Creo que por gusto se hubiera puesto el cuello de pajarita todas las mañanas, aun cuando estuviera enfermo. Sólo disfrazado podía salir al mundo, decía. Encargaba su ropa a agentes venidos exprofeso de Londres, los chalecos drapeados, los *tweeds*, los sacos *Norfolk*, los *claques* de seda, los *home spuns*. Esta levita Príncipe Alberto se la hizo Duvernard, un sastre francés, el único que le cortaba su ropa en México; cierro los ojos y aún me parece verlo los domingos del verano en nuestra casa de Tlalpan, desde muy temprano con un traje azul marino con botones dorados y el pelo y los bigotes tan tiesos y engominados como lo ves ahí, en todas las fotos.

—Y el puro entre los dedos.

—Sí, y el puro entre los dedos. Creo que no tengo una sola imagen de él sin el puro entre los dedos.

—Quizá la foto de su boda...

—Sólo ésa, pero mira las demás... A mi madre le preocupaba que encendiera el primer puro apenas despertaba. Y, claro, que en el desayuno sólo pidiera huevos crudos con salsa inglesa y un chorro de whisky. Míralo aquí, conmigo de niña en sus piernas.

Gertrudis pasa las páginas del viejo álbum forrado en piel con las puntas de los dedos, como si las acariciara. Hay algunas fotos que de veras acaricia. De pronto se detiene en una, y con una lupa se ayuda para afocarla y clavarle su mirada pugnaz. ¡Míralo aquí, qué porte! Sube y baja la lupa, busca un rayo de luz que atraviese el grueso cristal y se concentre, encendido, en algún detalle.

—Te juro que entiendo a mi madre, que se moría de celos.

Basta verla hojear el álbum de fotos para comprobar lo que se dice en susurro en la familia: que Gertrudis nunca se casó porque siempre vivió enamorada de su padre, lo que por lo demás le infunde a su personalidad un cierto aire de misterio que a mí, por lo menos, me fascina. Vive sola y medio perdida en una vieja casona de San Ángel —que heredó de su padre—, sin sirvientes, entre chiflones que agitan las cortinas como alas y muebles con pátina, cuadros religiosos cuarteados, taburetes, vitrinas y relojes. Entre mis recuerdos más antiguos está el reloj de Sajonia que la tía tiene sobre la chimenea, con unos músicos que tocan tambores y flautas y unas mujeres que bailan con jubones y faldas de anchos vuelos. Lo mismo que el sabor del arroz con leche que nos ofrecía las tardes en que mi madre y yo íbamos a visitar a la "pobre de la tía Gertrudis", tan sola. Se afligía por cuanto sucedía en la familia y cuando mi papá perdió su empleo en el Banco de México, la tía vendió un viejo secreter para prestarnos dinero (que, por supuesto, nunca le pagamos). Desde aquellas primeras visitas la recuerdo igual que ahora, más de veinte años después: baja de estatura pero altiva y llenita, los pechos grandes y apretados, los ojos sombreados, en los que titilaban, en perpetua excitación, unas pupilas muy negras, con cara de muñeca a pesar de su edad.

De sus sobrinos, soy el único al que le muestra el álbum —y ahora me lo muestra a la

menor provocación— y la tarde en que me llevó
a la recámara que fue de su padre por una galería con macetones copeteados de tierra reseca y
una claraboya donde la luz se colaba granulada
y hasta un poco zumbante, comprendí que iba
a conocer todo lo referente al famoso tío Carlos. En realidad se trataba de una pieza reducida
—la recámara nupcial, en donde supongo que
dormía sola la madre de Gertrudis, estaba en otra
área de la casa, bastante alejada por cierto—, con
una garigoleada cama de bronce, un ropero de
gran luna y libros polvosos por todos lados.

—El verdadero vicio de mi padre era la
lectura. Lo de la ropa era un juego. Mira todos
estos libros y revistas, además de los de la biblioteca —en la biblioteca, Gertrudis debe de
ayudarse de una escalerilla, que corre sobre ruedas, para alcanzar los libros de los estantes más
altos—. Igual leía novelas que poesías, libros de
historia o biografías. No entiendo cómo podía
leer tanto, a qué horas.

—¿Qué autor prefería? —pregunté hojeando un volumen empastado con filos dorados de *México a través de los siglos*. Me llamó la
atención la cantidad de subrayados que tenía,
supongo que del propio tío.

—Le encantaba Tolstoi. ¿Oíste hablar
del club de amigos de Tolstoi? Ah, fue todo un
suceso cultural en la ciudad. Lo formaron mi
padre y unos cuantos amigos en septiembre de
1908 y al año siguiente ya tenía más de veinte
socios, entre ellos algunos de los "científicos".
¿Has oído hablar de los "científicos"? El club

logró un prestigio y a cada rato les sacaban notas y fotos en los periódicos a los socios, cuando quieras te las enseño. Las ves y no parece posible que unos señores tan elegantes se reunieran para hablar de un escritor que, se dice, al final de su vida renunció a su fortuna y a su fama y se fue a vivir entre los pobres y luego a un convento. Leían los libros de Tolstoi, o libros que tuvieran que ver con el pensamiento de Tolstoi, y los comentaban una noche a la semana en el *Gambrinus*, donde aprovechaban para cenar opíparamente y beber más, ya te imaginarás. Le escribieron a Tolstoi y él contestó una pequeña carta de media página en que les hablaba de Dios y de la justicia y de la fugacidad de la vida. Les daba unos consejos como de cura: que fueran humildes y sencillos, que hicieran actos de caridad y no se dejaran tentar por el mal y el demonio. ¿Quieres ver la carta?

Estaba enmarcada, dentro de una gran marialuisa negra, y colgada arriba de la mesita de noche, muy cerca de un crucifijo. Parpadeé al ver la letra redonda y apretada de Tolstoi. A pesar de que estaba en ruso, mi emoción suponía que si la miraba fijamente lograría traducirla.

—La publicó *El Imparcial*, traducida. Como mi padre era el presidente del club le permitieron que la conservara. Y me dijeron que también se publicó en ruso, en un libro de cartas de Tolstoi.

—¿Crees que influyó Tolstoi en la muerte de tu padre, tía?

En la familia se dice: "No le pregunten a Gertrudis sobre la muerte de su padre porque siempre llora". Pero en aquella ocasión no lloró; al contrario, los labios se le pusieron duros y una luz muy intensa nació en sus ojos negros.

—Fue más bien el club, porque todos trataron de hacer obras de caridad y esas cosas. Es el peligro de los clubs. Pero mi padre fue el único que imitó a Tolstoi en lo de irse de su casa, abandonar a su familia y dejar su fábrica a los obreros, como has de saber.

Asentí con la cabeza y traté de no mirarla a los ojos, no fuera de veras a intimidarla y se interrumpiera para llorar.

—La diferencia es que, dicen, Tolstoi se volvió mujik y vegetariano y mi padre aún se llevó a su último refugio sus trajes ingleses y bebía whisky todos los días —sorprendía el tono irónico de la tía en relación con algo tan importante como una de las últimas decisiones de su padre.

Tenía que estar de muy buen ánimo Gertrudis para escuchar de sus propios labios (en la familia las versiones son de lo más contradictorias) la historia completa: ese último refugio del tío Carlos fue en su propia fábrica de muebles para baño, en San Cosme, donde en la planta alta se había construido un gran despacho con todas las comodidades, incluso un comedor y una pequeña sala de lectura con mullidos muebles de cuero. En efecto, puso la fábrica a nombre de los trabajadores y él se redujo a administrarla y a pasar una generosa pensión a su familia (parece que, al igual que Tolstoi, nunca se llevó muy bien con su esposa, pero ese tema ni siquiera lo rozó Gertrudis). No abandonó sus actividades sociales y hasta se comentó que todo había sido un pretexto para enredarse con una cupletista a la que llamaban La Pata. Pero la verdad es que el tío dormía solo en su refugio cuando el temblor del siete de junio de 1911 —el mismo día en que Madero entró a la Ciudad de México— lo sepultó bajo los muros de su fábrica de muebles para baño. El edificio de al lado era un cuartel que también se derrumbó y en el que murieron más de cincuenta soldados. *El Imparcial* daba en su primera página del día ocho la lista de los soldados muertos por orden alfabético, e incluyó ahí el nombre del tío, como si fuera un soldado más, lo que resultó una verdadera vergüenza para la familia, y el periódico tuvo que hacer la aclaración días después.

—Quizás a mi tío le hubiera enorgullecido aparecer en esa lista. Digo, por sus ideas del final —le dije a Gertrudis cuando me lo comentó. Pero ella chasqueó la lengua por toda respuesta y, en efecto, por su mejilla sonrosada bajó una lágrima solitaria.

Dejé de ver a la tía durante algún tiempo (andaba en época de exámenes), pero un día encontré casualmente un dato que me pareció significativo: Tolstoi murió en su lejana Rusia el veinte de noviembre de 1910, deprimido y abandonado en una humilde estación de tren, acompañado sólo por una de sus hijas, que lo siguió hasta el final, justamente el mismo día en que, aquí entre nosotros, estallaba la Revolución... ¿Y si estalló porque era un último sueño de Tolstoi?

Corrí a contárselo a la tía y volvimos al tema —lo de la hija que acompañó al padre abandonado e incomprendido la emocionó de veras— y hasta me ofreció un anís, lo que rara vez hacía y nunca antes conmigo. Me encantaba hablar con Gertrudis en aquella sala alta y fría. La conversación adquiría un tono cómplice, las frases una estructura sutil, las preguntas un vuelo denso y equívoco.

—Ya te imaginarás que mi padre estaba en contra de la permanencia de don Porfirio en el poder, a pesar de que le reconocía cuanto había hecho por México. Desde el principio apoyó el movimiento revolucionario y por eso tuvo serias dificultades con algunos de sus amigos y hasta de sus socios. Una cosa era leer a Tolstoi y comentarlo los jueves por la noche en el *Gambrinus* y otra muy distinta estar a favor de un cambio tan radical en el país, que traería como consecuencia el imperio de los pelados y la chusma y los bárbaros a lo Atila como Zapata. Ya supondrás lo que le dijeron esos amigos cuando se enteraron de que había puesto su fábrica de muebles para baño a nombre de los obreros.

—Como para correrlo del club.

—Al contrario, supongo que en el fondo lo admiraron más.

—¿Qué decía de Madero?

La tía suspiró hondamente y supuse que con su gesto de apretar los labios y hasta mordérselos un poco intentaba detener las lágrimas.

—Era maderista de corazón y estaba feliz de que Madero fuera a llegar a la Ciudad de México el siete de junio... —la voz se le quebró y ahora sí se metió dentro de un puchero—. El terremoto en que murió mi padre fue al amanecer... y Madero llegó al mediodía a la ciudad... Por unas cuantas horas, ¿te das cuenta? Por unas cuantas horas... Discúlpame un momento —sacó un pañuelito de encaje de abajo de la manga y fue rumbo al baño.

Yo también me emocioné y sentí los ojos húmedos. Por unas cuantas horas... Quizá fue por eso (además del anís, que nunca tomo) que en una de las fotos del álbum vi lo que vi. Lo abrí al azar y ahí estaba el tío en una reunión familiar en el jardín de su casa de Tlalpan, sentado en una mecedora de mimbre, sonriente pero con los ojos entrecerrados (con ese entrecerrar de los ojos en que a veces nos pescan las fotos y que, es cierto, nos hace aparecer ya un poco moribundos). Me metí en la foto de lleno y, diría, traté de ver lo que él vería con sus ojos entrecerrados. Entonces no sé si fue mi imaginación (y el anís, claro), pero comprendí que no había problema con su muerte, que nunca lo hubo y el desorden y el caos eran únicamente de quienes estábamos afuera, o sea: del otro lado de la foto. Así, con la imaginación, traté de promover ese montón de visiones obstinadas que cruzaban como aves centelleantes detrás de los párpados del tío Carlos.

Lo vio en el momento de agonizar, precisamente en el momento de agonizar, con la presión de la tierra que caía sobre él y lo inmovilizaba. Vio la estación Colonia con la gente llenando los andenes, el vestíbulo, el aparcadero de vehículos, las calles aledañas. Por eso prefirió esperar en Reforma a que llegara la comitiva y seguirla a una cierta distancia en su Packard negro. La fila de autos era interminable, pero la cantidad de gente que iba a pie era aún mayor. Había gente trepada en los eucaliptos y en los fresnos de Reforma, en las estatuas de Colón y de Carlos IV, y desde los balcones, adornados con lienzos tricolores, las mujeres lanzaban flores al carruaje que encabezaba la comitiva, y que él apenas alcanzaba a entrever desde la distancia a la que iba.

—¡Viva Madero! ¡Viva la Revolución!

Poco antes de llegar al Zócalo comprendió que era absurdo continuar en el auto y en una calle dio vuelta para estacionarlo. Entonces siguió a la comitiva a pie. Y ya en el Zócalo corrió. Corrió al lado de los que también corrían y gritaban y llevaban estandartes y fotos de Madero. Corrió dentro del largo tañer de las campanas de Catedral y del polvo. Había mucho polvo —en algún momento se dio cuenta de que llevaba puesto uno de sus mejores trajes de lino, que acababa de llegarle de Londres y que a esas alturas de la carrera parecía ya bastante maltratado, sobre todo después de un par de tropezones en que llegó a apoyar las rodillas en el suelo—, había mucho polvo, lo que le dificultaba la respiración. Se sofocaba, pero corría más rápido. Y de pronto se detuvo pasmado porque tenía casi enfrente el carruaje con cuatro alazanes montados por palafreneros y guiado por caballerizos que vestían casacas rojas y medias de seda. Jadeante y con los ojos un poco nublados, contempló al hombrecito vestido de *jaquette*, que saludaba con su sombrero de hongo en la mano. ¿Sus miradas se cruzaron? El tío tuvo la seguridad de que sus miradas se cruzaron. Lo miró largamente y luego lo vio alejarse con lentitud —la gente apenas si lo dejaba avanzar— hasta perderse en una de las puertas de Palacio Nacional. Se perdió dentro de Palacio pero a él le parecía que si entrecerraba los ojos aún podía mirarlo. Entonces respiró más tranquilo —quizá fue una última bocanada de aire que alcanzó a atrapar antes de que la tierra que le caía encima le sellara definitivamente los labios— y hasta sonrió un poco con esa imagen final detrás de sus párpados (la mirada de Madero clavada en la suya) que, le parecía, nimbaba el Zócalo, las calles por las que había pasado la comitiva, las colonias semidestruidas por el terremoto, la ciudad, el país, el planeta entero.

La instrucción y otros cuentos se terminó
de imprimir en septiembre de 2007, en
Proovedora Editorial Gráfica, Norte 29 y
Oriente 172 núm. 106, Col. Moctezuma
2a. Sección, México, D.F. Composición
tipográfica: Fernando Ruiz. Cuidado de la
edición: Ramón Córdoba. Corrección:
Marina Santillán y Rafael Serrano.